관상왕의
1번룸

관상왕의 1번 룸 4

가프 장편 소설

초판 1쇄 찍은 날 § 2015년 7월 14일
초판 1쇄 펴낸 날 § 2015년 7월 21일

지은이 § 가프
펴낸이 § 서경석

편집책임 § 한준만

펴낸곳 § 도서출판 청어람
등록번호 § 제387-1999-000006호
등록일자 § 1999. 5. 31
어람번호 § 제1-2174호

주소 § 경기도 부천시 원미구 부일로 483번길 40 서경B/D 3F (우) 420-822
전화 § 032-656-4452 팩스 § 032-656-4453
http://www.chungeoram.com
E-mail § chungeorambook@daum.net

ⓒ 가프, 2015

ISBN 979-11-316-90314-4 04810
ISBN 979-11-316-90237-6 (세트)

가프 장편 소설

관상왕의 1번룰

④

FUSION FANTASTIC STORY

도서출판 청어람

CONTENTS

제1장

뛰는 자와 나는 자

월요일.

길모는 눈코 뜰 새 없이 바빴다. 에이스들의 공식 출정 때문이었다. 길모는 그동안 관상으로 인연을 맺은 손님들에게 꽃바구니 요청을 했다. 많은 사람들이 흔쾌히 수락을 했다. 꽃바구니야 돈 몇만 원에 불과했던 것이다.

그런 다음 1번 룸에 모실 손님을 추렸다.

천 회장, 최 회장, 박종국, 차상빈의 순이었다.

일단 이 실장은 다음 날로 미루어 두었다. 이 실장과 혜수는 아는 사이. 그러니 약간 터울을 두는 게 좋다는 판단이었다.

우와아!

로사가 정한 미용실에 도착한 장호는 벌린 입을 다물지 못했다. 거기서 본 혜수와 홍연, 승아와 유나는 판타지 세상의 엘프들처럼 보였다.

물론 압권은 당연히 혜수와 홍연이었다.

아찔한 몽환미와 재기발랄하여 명랑함이 뚝뚝 떨어지는 홍연. 둘은 각기 다른 매력을 불꽃처럼 뿜어댔다.

"잘 모셔라. 우리 룸의 네 여신이니!"

길모가 묵직하게 말했다. 그의 목에는 류 약사가 선물한 노란 넥타이가 매어 있었다.

[오늘 카날리아 뒤집어지겠는데요?]

"당연히 뒤집어져야지. 세상은 변하는 거거든."

[형이랑 내가 찌질이 진상처리에서 다크호스로 부각된 것처럼요?]

"다크호스가 아니고 톱!"

길모의 목소리는 담담했다. 이제는 서 부장과 맞승부를 벌여도 일방적으로 꿇릴 박스가 아니었다.

끼익!

어둠이 살포시 내렸을 즈음에 두 대의 세단이 카날리아 앞에 멈췄다.

"어서 옵셔!"

고객이 온 걸로 안 보조들이 목청껏 세단을 맞았다. 병태와 승만이었다.

"어, 너?"

둘은 장호가 먼저 내리자 눈을 휘둥그레 떴다. 하지만 그건 시작에 불과했다.

"……!"

승아와 유나가 내리자 병태와 승만은 그 변신에 놀라 입을 쩌억 벌렸다. 그러다 마침내 혜수와 홍연이 내리자 기절 직전까지 치달았다.

풍경은 카날리아 안에서도 별다르지 않았다.

"소개합니다. 오늘부터 저와 함께 일할 혜수와 홍연입니다."

혜수! 홍연! 승아! 유나!

시위라도 하듯 어깨를 겨루며 선 네 아가씨.

그들이 대기실에서 공식 인사를 하자 아가씨들은 물론 에이스들 얼굴에도 경련이 스쳐 갔다.

특히 민선아와 안지영, 창해 등이 그랬다. 지금까지 자타공인 카날리아, 아니 강북에서 독보적인 에이스로 군림하던 그들의 위상이 백척간두에 놓인 것이다.

나머지 아가씨들의 입에서는 긴 장탄식이 새어 나왔다. 길모가 에이스를 영입할 거라는 풍문을 들어왔던 그녀들. 그럭저럭 쓸 만한 사이즈가 오려나 생각했지만 이 정도일 줄은 몰랐던 것이다.

더욱 그녀들을 경악으로 빠뜨린 건 승아와 유나였다.

그 둘에 대해서는 유독 자부심을 가졌던 아가씨들. 그런데 퍼펙트하게 변모하기 시작한 승아와 유나 또한 구색 맞추기용 아가씨들이 아니었다.

"……!"

이 부장과 강 부장은 울상도 웃는 상도 아닌 채 말을 잇지 못했다. 평생 길모쯤은 발톱의 때 정도로 여기던 그들이 비로소 위기감을 느낀 것이다.

"축하한다. 진짜 여신을 물어왔네."

그래도 서 부장은 달랐다. 속마음이야 어떻든 길모에게 진심 어린 축하를 건네 왔다.

그럼 방 사장은?

그는 말 대신 엄지만을 세워주었다. 그것도 두 번 세 번 거푸……

"채혜수입니다. 잘 부탁해요!"

"서홍연이에요. 같이 일하게 되어 반가워요."

혜수와 홍연, 텐프로는 처음이지만 결코 '처음이니까 잘 지도해 주세요'라는 멘트는 날리지 않았다. 이틀 동안 길모가 '특훈'을 시킨 덕분이었다.

무려 특훈이다.

길모는 두 에이스를 홍 마담에게 보냈다. 길모의 마음에 딱 드는 에이스지만 경험이 일천한 두 사람. 그러니 최소한의 연수 (?)를 시키는 게 옳았다.

홍 마담은 그런 쪽에는 박사급이다. 산전수전 다 겪은 그녀는 아가씨들의 생리와 손님들의 생리를 잘 꿰고 있었다.

소소하게는 맛깔나는 언더락 만들기부터 담뱃불 붙여주는 기법까지.

손님의 넥타이 바로 매주고 손님 수준에 맞춰 맞장구쳐 주기.

음담패설이나 Y담에 대한 면역 키우기.

나아가 룸에 어울리는 향수나 자기 파트너 챙기기 신공 전수.

거기에 최후의 비기인 무리 없이 토하기까지.

사실 호스티스, 즉 아가씨들의 롱런은 밀당에 달려 있었다. 그러니까 호스티스들은 임기응변의 결정체가 되어야 했다.

속고 속이고 어르고 뺨치고 희롱하고 희롱당하고… 그런 관계를 손님 기분을 해치지 않는 범위에서 얼마나 오래 지속하느냐가 아가씨의 능력이다.

단지 예쁘거나, 단지 잘 놀거나!

이 두 가지 옵션만 장착한 아가씨는 결코 이 바닥에서 큰돈을 벌 수 없었다. 핵심은 밀당이었다!

"여기가 바로 1번 룸!"

길모는 네 여자를 이끌고 관상왕의 1번 룸 앞에 섰다. 장호는 이미 서빙 자세로 그 앞에 대기 중이다.

"여긴 혜수가 열어보도록."

관상왕의 지시가 떨어지자 혜수가 문을 밀었다.

"어머!"

네 여자의 입이 쩌억 벌어졌다. 승아와 유나도 물론이었다. 늘 보는 룸이지만 오늘은 달랐다. 사면 벽 가득 장식된 단아한 꽃바구니 때문이었다.

"내 고객들께서 새 에이스를 축하하며 보내주신 거야."

룸을 돌아본 길모는 다시 2번 룸으로 향했다.

2번 룸 역시 사면에 꽃바구니가 가득했다. 하지만 꽃이 달랐다. 그곳의 꽃은 흑장미 등의 장렬한 느낌으로 가득 차 있었다. 길모는 홍연을 주목했다. 길모의 판단은 크게 틀리지 않았다.

1번 룸에서는 혜수가 여신이지만 2번 룸에서는 홍연이 잘 어울렸다.

"와아, 역시 홍 부장님!"

아가씨들도 룸을 기웃거리며 부러운 시선을 감추지 못했다. 그녀들은 이런 대우를 받지 못했다. 그저 출근하는 날, 오늘부터 같이 일하게 된 누구라고 소개하면 끝이었던 것이다.

"어때?"

룸을 선보이는 게 끝나자 길모는 다시 1번 룸으로 돌아와 에이스들을 바라보았다.

"전투 준비 끝났으니 출정하세요."

당찬 한마디. 혜수와 홍연은 긴장하는 기색조차 없었다.

"그럼 잘 들어."

길모는 미리 준비한 말을 풀어놓기 시작했다.

"내가 약속할 건 두 가지야. 잘 협력하면 너희들 모두가 보란 듯이 자기 가게 하나씩 열 수 있게 해주겠다는 거."

"승아하고 나도요?"

맨 뒤에 선 유나가 물었다.

"당연하지."

"우와!"

감격한 유나가 승아와 두 손을 맞잡았다.

"두 번째, 내 힘닿는 데까지 너희들을 지켜주겠다는 거."

"땡큐!"

그 대답도 유나가 대표로 했다.

"우리 원칙은 딱 하나야. 매상은 각자 역할에 따라 내가 분배한다. 하지만 관상으로 생기는 부수입은 전부 어려운 사람을 돕는 데 쓸 거야. 그러니 거기에 대한 오해는 없도록."

"그럼 우리도 나름 어려운 사람 돕는데 일조하는 거네요?"

혜수가 첫 질문을 날렸다.

"물론!"

"아, 그럼 나도 팁 나오는 건 거기 보탤게요. 홍 오빠랑 일하면 가불 걱정도 없고 먹고살 걱정도 없으니까."

유나가 말했다.

"그건 자유야. 하지만 매상만은 철저하게 수입 분배를 할 테니까 그리 알도록."

"네!"

"질문이나 의견?"

길모가 물었지만 넷은 일제히 고개를 저었다. 다들 길모의 말에 공감한다는 거였다.

"그럼 출정 개시!"

길모, 넥타이를 살짝 조이며 홍길모 사단의 출정을 선언했다.

천 회장이 1타로 1번 룸에 들어섰다. 그는 친구를 동행했다. 길모는 박스 아가씨 전부를 대동하고 인사를 시켰다. 그런 다음에 혜수와 승아를 착석시켰다.

"어이쿠, 얼만 안 되었는데 룸 분위기가 확 바뀌었구만."

천 회장이 혜수와 꽃바구니를 보며 말했다.

"회장님이 보내주신 덕분입니다."

길모는 정중히 인사를 했다. 길모가 관상을 봐준 이후, 바로 병원에서 심장의 이상을 찾아낸 천 회장. 막 퇴원한 형편이라 술을 마실 상황이 아닌데도 길모의 초대에 응했다.

길모에게는 행운이었다. 재력이 막강한 관상을 가진 사람을 1타로 초대함으로써 3대 천황들에게 무언의 시위가 되고 혜수에게는 살아 있는 공부가 될 참이었다.

"무슨 말씀. 자네 덕분에 살았는데."

"그러니까 그 관상 귀신이 이 친구라는 말이군?"

함께 온 친구가 물었다.

"그렇다네. 자네도 언제 한 번 와서 제대로 보게나. 내가 최고로 치는 모 대인도 인정하는 친구니."

"모 대인도?"

"나도 설마 했는데 이건 족집게 수준이 아니라 천리안이라네. 병원 의사 말이 자칫했으면 비명횡사했을 거라고 하더군."

"허어!"

친구는 벌어진 입을 다물지 못했다.

"아, 자네도 참 기막힌 역학자를 알고 있지?"

"그 친구도 굉장하긴 하네만……."

"하여간 세상은 참 넓다니까. 내 살다 살다 모 대인을 넘어서는 실력자를 만날 줄 누가 알았겠나?"

천 회장이 웃었다. 그러자 친구의 눈이 길모에게 향했다. 길모를 바라보는 그 눈은 어쩐지 심상치 않았다.

"어떤가? 이제 액땜했으니 내가 천운을 누리겠나?"

천 회장이 길모에게 물었다.

"관상은 변하는 법입니다. 아무튼 당분간은 별 액운이 없을 것이니 여유 있게 건강을 회복하십시오."

"그래야지. 그래야 홍 부장 매상도 좀 올려주고 나도 돈 될 정보 좀 얻지."

"고맙습니다."

그때 천 회장의 친구가 살짝 끼어들었다.

"나 말이야 갑자기 궁금해지는데."

"뭐가?"

천 회장이 물었다.

"관상과 역학 말일세… 어떤 것이 더 용할까?"

천 회장의 친구 이름은 곽태민이었다. 아까부터 골똘하더니 그 생각을 한 모양이었다.

"글쎄… 역학 잘하는 사람도 있기는 하겠지만 우리 홍 부장에게는 안 되네. 이건 거의 입신의 경지야."

"그래?"

곽태민은 와인을 홀짝 들이켰다. 딱히 수긍하는 눈치는 아니었다.

천 회장은 1,800만 원짜리 와인을 한 병 비우고 일어났다. 물론 양주는 곽태민과 혜수가 거의 비웠다. 천 회장은 그저 입술만 적셨을 뿐. 나름 큰 수술을 했으니 그것만으로도 선방한 셈이었다.

다음 타자는 몽몽 코스모틱의 최 회장이었다. 2번 룸에 젊은 피 손님을 채운 길모는 홍연과 유나를 앉히고 나와 최 회장을 맞았다. 그는 두 명의 중역을 대동하고 들어섰다.

"……!"

그중 한 중역을 본 길모의 표정이 굳어졌다. 바로 폐 질환 문제로 길모가 낙마시킨 중국 사업본부장 후보였기 때문이었다.

기분이 찜찜하기는 했지만 개인적 감정으로 한 건 아니었던 일. 길모는 다시 네 에이스를 대동해 인사를 올렸다. 이번에는 혜수를 최 회장 옆에, 승아를 두 중역 사이에 앉혔다. 보통 3 대 2로 앉을 때 쓰는 착석법이었다.

"어이쿠!"

혜수를 본 최 회장도 놀라기는 마찬가지였다. 그녀의 우아하면서도 몽환적인 분위기는 큰손들의 비위에 거슬리지 않았다. 길모는 찔리는 곳이 있어 '고괴지상'의 관상을 가진 중역에게 다른 중역보다 조금 더 긴 인사를 올렸다.

"오 상무, 뭐 오는 거 없나?"

최 회장도 일면 짓궂은 면이 있었다. 하필이면 길모 앞에서 질문을 날리는 것이다.

"여기 말입니까?"

오 상무가 물었다.

"아니 그 홍 부장 말일세."

"글쎄요. 저는 처음이라……."

"그 친구가 자네 원수이자 은인일세."

"네?"

최 회장의 말귀를 알아들은 오 상무가 파뜩 고개를 들었다. 길모는 다시 한 번 묵례를 올렸다.

"그럼 이 친구가?"

"그래. 관상만으로 자네 몸 안에 든 폐암을 맞추고 이지유의 마약 파동을 귀신처럼 예언한……."

"……."

"뭐하시나? 미운 놈 떡 하나 더 주랬는데 한 잔 주지 않고……."

"……."

최 회장은 웃고 있지만 오 상무는 얼떨떨한 모습이다. 하지만 그 역시 대기업의 중추 중역답게 바로 술병을 들었다.

"누군가 했더니 자네였군. 밉기도 하지만 고맙네."

"죄송하게 되었습니다."

길모는 술을 받으며 나지막이 대답했다.

"아니야. 덕분에 몸을 건사하게 되었지 않나? 사실 폐암이란 거 숨기고 중국 갔으면 중국에서 귀신 되었을지도 모르네. 내 성격상 대충하지는 못하니까 과로는 맡아두었을 거고."

"게다가 이지유 낙점도 애당초 오 상무가 시작한 거지. 우리 둘 다 회사 말아먹을 뻔한 걸 그 친구가 막은 셈이야."

"하핫, 그 일은 지금 생각해도 머리가 뻐근합니다."

오 상무가 웃었다.

"앞으로 저 친구 가까이 하라고. 우리야 기업 잘되는 일이라면 가릴게 뭔가? 범죄 말고는 다 해야지. 안 그래?"

"여기 꽤 비싼 거 같은데 술값 많이 나와도 괜찮습니까?"

"당연하지. 접대비 제한 안 할 테니 팍팍 쓰시게."

최 회장은 기꺼운 목소리로 허락했다.

세 사람은 800만 원 꼬냑 두 병을 비우고 갔다. 오 상무가 병자라 술빨은 세우지 않았다. 다음 손님이 계속 예약된 길모 입장에서는 나쁜 일이 아니었다.

이어진 손님은 박종국이었다. 바로 자기 운을 스스로 개척하고 다니는 불굴의 사업가.

그는 혼자였다.

방금 전까지도 업무를 보다가 왔다며 넥타이도 매지 않았다. 술도 취하면 안 된다면 비싼 와인으로 대체했다.

"기다리세요. 이번 물량 조달 끝나면 내가 접대비 한도까지 와서 쏘지요. 새 거래처 될 사람들도 소개해 드리고요."

박종국은 와인 두 잔을 마시고 갔다. 그래도 매상은 가장 높았다. 그가 굳이 희귀 와인을 주문한 까닭이었다.

"제법인데? 누가 보면 경험자로 알겠어?"

박종국을 배웅한 길모가 혜수를 보며 말했다. 그녀는 헤프지 않았고 어색하지도 않았던 것이다.

"미리 교육까지 시킨 게 누군데 그래요?"

"그게 경험만 한 스승이 없거든."

"죽기 살기로 배웠어요. 홍 마담이 이틀 동안 투입한 손님이 몇 가지 스타일인 줄 알아요?"

"최소한 열두 가지?"

"어머, 알아요?"

"당연하지. 나도 밑바닥에서부터 처절하게 밤문화의 생리를 배운 사람이야."

길모가 웃었다. 홍 마담이 신사부터 진상 3단계의 손님까지 밀어 넣은 건 길모의 주문이었다. 눈물이 찔끔 쏟아지도록 매운 맛을 보여주라는 것도 빼놓지 않았었다.

"우리 손님들 품격 어때?"

"상상 밖이네요. 매너도 좋고 씀씀이도……."

"매너는 믿지 마. 저분들은 관상이 목적이지만 술이나 유흥이 목적인 남자들은 완전히 딴판으로 나오거든."

"걱정 마세요. 저도 월수 2, 3천을 꽁으로 먹으리란 기대는 하지 않았으니까."

"관상 공부도 좀 했나?"

"지금은 부장님 말대로 이마만 보고 있어요. 그런데도 막상 보려니 그게 그거 같네요."

"처음 두 분은 타고 난 부자야. 첫 인상에도 이마가 시원했지?"

길모는 슬쩍 팁을 날려주었다.

"네."

"하지만 방금 나간 분은 후천적 부자. 갖은 고생하고 자기 노력으로 부자가 될 이마니까 서로 비교하라고."

"그럼 저 공부시키려고 일부러 대조적인 분들을?"

"어쩌다 보니 그렇게 됐어. 나쁘지는 않잖아?"

"그렇긴 하죠."

"그럼 이제 긴장해. 좋은 시절 가고 정신 바짝 차려야 할 타임이야."

"무슨 뜻이죠?"

"차상빈 알지? 그 사람이 다음 차례야!"

"저번에 본 사람요?"

"그때하고는 또 다를 거야. 시간상 좀 취해서 올 거거든. 어쩌면 개가 되어서 올지도 모르지."

혜수가 얼른 시계를 보았다. 카운터 위의 벽시계가 새벽 1시 반을 지나고 있었다.

새벽 1시 반.

누구든 제정신으로 있다가 오기는 힘든 시간. 전작은 필수인 시간이었다.

그걸 노리고 느지감치 예약을 미뤄둔 길모. 분주하게 뛰느라 잊어버렸던 긴장이 슬며시 혈관에 차오르기 시작했다.

차상빈!

길모는, 더는 사냥을 늦출 생각이 없었다.

비가 내리기 시작했다. 그 비를 밟고 차상빈의 세단이 들어왔다.

[형, 왔어요!]

밖을 내다보던 장호에게서 사인이 들어왔다.

"오늘의 마지막 귀빈께서 오셨다는군."

길모는 혜수에게 윙크를 날리고 밖으로 나갔다. 세단에서는 여자가 먼저 내렸다. 하지만 문은 길모가 열었다. 그 또한 텐프로 서비스의 일환이었다.

"모시겠습니다."

길모는 정중히 그를 맞았다.

"크험!"

차상빈은 불쾌한 듯 헛기침을 하고 걸음을 옮겼다. 길모의 바람대로 이미 전작이 있는 상태였다.

"웬 꽃이야?"

제법 무게감이 있어 보이는 손가방을 든 채 1번 룸에 들어선 차상빈, 벽면 가득 장식된 꽃바구니를 보며 말했다. 눈에 거슬리는 모양이었다. 꽃과 아이를 싫어하는 사람이라면 그 인간성은 관상과 상관없이 알 만한 수준이었다.

"뭘로 세팅해 드릴까요?"

길모가 물었다.

"혜수였던가? 걔부터 불러와."

"죄송하지만 혜수는 잠깐 기다리셔야 합니다."

"뭐야? 예약했잖아?"

차상빈의 미간이 구겨졌다.

"혜수가 워낙 인기가 있는지라… 잘 아시지 않습니까? 텐프로 룰……."

"그래서? 얼마나 기다리라고?"

"10분이면 될 겁니다. 다른 룸에서 인사 중이라… 그동안에 관상 좀 봐드릴까요?"

"관상은 됐어."

"아직 배신의 그림자가 다 가시지 않았습니다만……."

"그건 내가 알아서 할 테니까 이리 좀 와봐."

차상빈, 길모를 향해 손가락을 까닥거렸다. 룸에는 길모와 그 단둘. 그냥 말해도 듣는 이 없으려만 허세를 부리는 것이다. 길모는 차상빈의 비위를 맞춰주었다.

"얼마면 돼?"

그는 다짜고짜 물었다.

"뭐가 말입니까?"

뭘 뜻하는지 알지만 변죽을 울리는 길모.

"혜수 말이야. 데리고 나가는데 얼마면 되냐고?"

"죄송하지만 저희는 2차가 없습니다."

"작은 거 한 장!"

1,000만 원이다.

"안 됩니다."

"그럼 두 장!"

"안 됩니다."

"세 장도?"

"예."

"사장 오라고 해."

심사가 뒤틀린 차상빈의 오기가 발딱 고개를 들었다.

"사장님은 왜?"

"너네 사장이랑 직접 쇼부를 보려고 그런다, 왜?"

"죄송하지만 이 룸 안의 규칙과 이 룸에 들어오는 아가씨들의 경우에는 제가 곧 사장입니다. 그러니 더 하실 말씀이 있으면 제게 하시면 됩니다."

"……?"

"주문하시겠습니까?"

길모는 다시 정중하게 물었다.

"너 실수하는 거야?"

"무슨 말씀이신지……."

"나 같은 사람에게 잘 보여야지. 텐프로가 별거야? 단골 만들려면 웨이터가 눈치껏 굴어야지 말이야. 까놓고 말해서 우리나라 술집에서 2차 안 되는 데가 어디 있어? 돈이 없으면 모를까 그 정도 배팅이면 A급 연예인도 대령되는 거 몰라?"

"다른 술집은 모릅니다만 여기 룸은 그렇습니다. 우리 아가씨들에게 룸은 몸을 파는 곳이 아니라 직장이니까요."

"헛소리 말고 술이나 가져와. 비싼 걸로."

"그럼 500짜리 꼬냑으로 준비하겠습니다."

길모는 인사를 하고 물러났다. 잠깐은 휴지기를 갖는 게 좋을 분위기였다.

"이제 입실해요?"

준비를 끝낸 혜수가 물었다.

"오케이, 대신 내가 부탁한 거 잊지 말고."

"알았어요."

혜수가 출렁거리는 머릿결을 살짝 흔들었다. 그러자 향기가 흠씬 배어 나왔다. 차상빈이 녹고도 남을 향이었다.

"오셨어요?"

혜수는 우아하게 차상빈을 맞이했다. 장호가 세팅을 마치자 길모가 한 잔 올리려했지만 거절당했다. 차상빈이 원하는 건 혜수와 둘이 남겠다는 것. 길모에게 먹히지 않으니 다이렉트로 혜수를 녹이려는 속셈이었다.

"기사는?"

복도로 나온 길모가 장호를 바라보았다.

[차에서 꼼짝도 안 해요.]

"회장 쪽은?"

[윤표 놈한테 연락왔어요. 집하고 차고지 확인 끝났대요.]

장호가 대답했다. 회장을 체크하는 건 거사를 위해서였다. 배신의 굴레를 쳇바퀴처럼 도는 차상빈, 그런 차상빈을 이용해 먹으려는 회장. 어차피 서로 믿는 사이가 아니니 잘하면 둘을 기막히게 엮을 수도 있었다.

"일단 저 기사 좀 끌어내 봐."

[알았어요.]

지시를 받은 장호가 밖으로 나갔다. 부슬비는 심야의 땅에 알맞은 습도를 만들어놓았다. 장호는 운전석으로 다가가 창을 두드렸다. 여자는 말없이 창을 내렸다.

―간식 좀 드세요.

장호가 내민 건 화면에 새긴 문자였다.

"……."

여자는 대꾸도 없이 다시 창을 올렸다. 장호가 손을 넣어 창을 세웠다.

―기사님들 서비스 있어요. 아메리카노 커피도 있고 샐러드도 있으니까 요기 좀 하세요.

여자, 수화와 문자를 날려대는 장호를 우두커니 바라보았다. 장호를 동정하는 걸까? 눈빛도 많이 무뎌져 있었다.

―비 오잖아요? 들어가서 커피라도 한잔하세요.

집요한 청이 통했다. 여자가 문을 열고 내렸다.

―따라오세요.

장호는 또 다른 문자를 여자 앞에 흔들었다.

잠시 후, 장호와 여자가 사라진 차 앞에 길모의 발이 멈추었다. 차는 잠겨 있었다. 하지만 그건 일반인의 경우. 길모에게는 잠기거나 말거나 구분이 필요 없었다.

딸깍!

차 문을 열고 차 안을 보았다. 별다른 건 없었다. 이번에는 트렁크 차례였다. 그 안도 텅 비어 있다. 혹시나 했지만 차에도 금고 비슷한 장치는 없었다. 하지만 완전히 허탕은 아니었다. 공구함인가 싶은 작은 칸 때문이었다. 더구나 간단한 번호키까지 달려 있었다.

키를 해제하고 열어보니 주문서가 나왔다.

"……?"

길모는 글자를 다시 확인했다. 그건 반지나 팔찌 같은 잡동사니 금을 녹여 금괴로 만들어달라는 주문서였다.

금괴!

길모는 혼자 고개를 끄덕거렸다.

"자, 한 잔 쭈욱 들이켜거라."

1번 룸 안의 풍경은 후끈 달아올랐다. 물론 차상빈 한 사람만 말이다. 몸과 마음에 이어 거시기까지 왈딱 달아오른 그는 혜수에게 한사코 술을 권했다. 이 또한 속보이는 짓이다. 남자가 여자에게 술을 지나치게 권할 때는 다 속셈이 있는 것이다.

몇 잔을 받아 마신 혜수는 속도를 조절했다. 그건 홍 마담의 스페셜 트레이닝 코스에도 있었던 일이었다.

"우리 오늘 밤 연애 한 번할까?"

마침내 차상빈, 직구를 날려 왔다.

"아이, 지금 연애 중이잖아요."

"이게 무슨 연애야? 하려면 화끈하게 해야지."

"짓궂으셔라. 여긴 텐프로지 사창가 아니에요."

"돈은 네가 원하는 대로 쏘마. 내가 네가 마음에 들어서 이러는 거 아니냐?"

"얼마 쏘실 건데요?"

"마음대로 불러봐라. 네가 원하는 대로 줄 테니……."

"2차는 생각도 안 하고 있지만 혹시 100억대 부자 정도면?"

"그, 그게 바로 나야. 내 재산은 100억도 넘는다고."

"앤드 그걸 주는 사람이 저랑 나이가 비슷하고……."

"……?"

"앤드 저랑 결혼할 사이라면!"

슬쩍 부풀어 올랐던 마음이 푹 꺼져 내리는 차상빈.

"한잔하세요. 오셨으니 기분 좋게 드시고 가셔야죠."

"좋다. 마시지."

스트레이트로 술을 넘긴 차상빈이 손가방을 열었다. 그런 다음 어린아이 손바닥만 한 금괴를 꺼내놓았다.

"이건 어떠냐? 99.9%짜리 순금!"

혜수의 눈앞에서 눈부신 금괴가 반짝거렸다. 진짜 금괴였다.

"어머, 골드바네요."

"몇 개 더 있다. 다 줄 테니 나랑 딱 한 달만 살자."

차상빈이 아예 노골적으로 나왔다. 이쯤 되면 딱히 성욕 때문이 아니라 오기와 허세가 합세한 것이다. 남자의 허세가 차상빈의 등을 미는 것이다.

"그냥 쿨하게 주시면 안 돼요? 그럼 마음이 쏠릴지도 모르죠."

혜수도 핵폭탄급 변죽을 울렸다.

"……!"

"아깝죠?"

혜수는 차상빈을 빤히 바라보았다. 통 큰 척 허세를 떨던 차상빈은 잠시 갈등에 싸였다. 하지만 그는 결국 선심을 쓰고 말았다. 골드바 하나를 내어준 것이다.

"고마워요."

혜수는 차상빈의 볼에 대충 뽀뽀를 날려주었다. 그때 길모가 다시 들어왔다.

"죄송하지만 곧 파할 시간입니다."

슬슬 분위기를 만들어가던 차상빈. 피가 확 솟구쳤지만 혜수 앞에서 허접한 모습을 보일 수는 없었다. 그래야 다음을 기약할 수 있으니까.

"잠깐만 기다리라고."

차상빈은 전화를 꺼내 들었다. 그리고 바로 회장에게 전화를 걸었다.

"나야, 카날리아 알지? 내가 깜빡 지갑을 두고 왔는데 좀 와주겠어?"

혜수의 눈이 동그래졌다. 계산 떠넘기기. 주로 갑들이 을에게 쓰는 저렴한 갑질신공이었다. 회장은 오래지 않아 달려왔다. 그리고 군말 없이 계산서를 맡았다.

"또 보자고!"

차상빈은 중후한 척 혜수에게 손을 흔들며 차에 올랐다. 두

세단이 도로로 나설 때 길모는 그 꼬리에 장호를 붙였다. 영업이 끝났기 때문이었다.

"어머어머!"

차상빈이 돌아가자 아가씨 대기실에 한바탕 소란이 일었다. 혜수가 받은 골드바 때문이었다. 아가씨들은 그걸 구경하느라 바빴다. 물론 다른 에이스들은 애써 무시했다.

"그까짓 골드바 하나 가지고……."

"그러게. 난 다이아몬드도 받은 적 있는데……."

말은 그렇게 하지만 위너는 혜수였다. 그녀들의 목소리에 시기심이 가득 서렸기 때문이었다.

"가방에 골드바가 여러 개였다고?"

길모가 1번 룸 안에서 혜수에게 물었다. 차상빈과의 상황을 체크하는 것이다.

"몇 개 있었어요. 금 신봉파인가 봐요."

"다른 건?"

"자기 과시죠 뭐. 자기가 보기보다 자상하다는 둥, 저한테 꽂혔다는 둥……."

"재력 과시도 했겠군?"

"재산이 백억 대쯤 되나 봐요. 마음만 먹으면 당장 동원할 수 있대요."

"그래?"

"그리고 뭐라더라? 아, 대한민국 돈이 다 자기 거나 마찬가지라네요. 자기랑 결혼하면 한국과 중국 양국에서 왕비처럼 살 수 있다고…….”

“왕비라…….”

“원하면 금으로 침대 매트도 만들어준대요.”

“다른 뻐꾸기는?”

“뭐 어제 딸 둘을 유럽 여행 보냈대요. 유럽 좋아하면 자기랑 오늘이라도 출발하자고…….”

“오케이!”

길모는 그쯤에서 상황을 정리했다. 차상빈의 금고는 금괴였다. 그는 금 신봉자. 구린 돈이니 은행을 이용하지 않을 거라는 짐작은 맞았다. 대신 다른 사람들처럼 현금이 아니라 금을 소지하고 있는 것이다.

골드, 딸, 손가방, 오피스텔.

길모의 머릿속에 차상빈의 정보들이 화면처럼 돌아갔다. 두 딸의 오피스텔에 들어갈 때 축 처지던 손가방, 그리고 나올 때는 달랑거리던 가벼움.

‘오피스텔이다!’

길모, 마침내 차상빈의 금고 소재를 알게 되었다.

끼아악!

신새벽, 퇴근한 길모가 옥탑에서 서성거릴 때 오토바이 급정거 소리가 들렸다.

[형!]

장호는 한달음에 계단을 뛰어올랐다.

"어떻게 됐냐?"

[형 생각이 맞아요. 오피스텔에 들렀어요.]

"가방은?"

[가지고 들어갔어요. 나올 때는 가벼워져서 달랑거렸고요.]

"차상빈은?"

[오피스텔에서 나와서 빌라로 갔어요.]

"혼자?"

[그 운전기사랑요.]

"오늘은 헌팅에 실패했나 보군. 하긴 운짱도 보통 몸매는 아니니까."

[어휴, 그 여자 말도 말아요.]

길모의 말에 장호가 몸서리를 쳤다.

"왜?"

[아까 회장 차가 왔었잖아요? 똘마니 둘이 따라왔었는데 차상빈 운짱에게 개폼을 잡더라고요. 그런데 눈도 깜빡 안 하는 거 있죠? 그 똘마니 둘도 살벌하던데.]

똘마니들. 그중 하나는 윤표가 찍어온 사진 속의 인물이었다. 척 봐도 싸움 좀 할 것 같은 자세. 그 둘이라면 신경전만으로도 굉장한 긴장이 감돌았을 것 같았다.

'살벌한 독사와 곰이라…….'

두 조합을 머리에 그려보았다. 진짜로 붙여놓으면 볼 만할 것 같았다.

길모는 시계를 보았다. 새벽 5시 25분이었다.

"몇 분이면 갈 수 있냐?"

[빌라요?]

"아니, 오피스텔!"

[땡기면 10분 안에 가능하죠.]

"가자!"

[지금요?]

"빨리 내려와. 날 새기 전에!"

길모는 장호보다 먼저 오토바이 위에 올랐다.

디로롱!

오피스텔 2122호의 문은 간단히 패스했다. 한 번 열어본 것이니 딱히 장애가 될 것도 없었다. 장호는 가까운 곳에 대기시켰다. 특별한 오더와 함께!

차상빈의 말대로 오피스텔은 비어 있었다. 두 딸은 지금 유럽에서 낭만(?)을 즐기고 있을 것이다. 길모는 전면 유리벽 앞에 섰다. 방 안은 여전히 깔끔하지 않았다. 그나마 잡동사니들이 한쪽에 쌓인 건 차상빈이 대충 정리한 모양이었다.

'올 수리가 된 집⋯⋯.'

길모는 금고를 찾지 않았다. 대신 중개업자의 말에서·단서를 찾으려했다.

'무엇 때문에 올 수리를 했을까?'

차상빈은 분명 골드바를 가지고 들어왔다. 나갈 때 가방이 가벼웠으므로 이 방 안 어디엔가 골드바를 숨겼다. 그러니 골드바가 있는 곳이 바로 금고였다.

다시 한 번 두 자매의 침대 매트를 살폈다. 엎어놓고 밑바닥 라인을 커터로 슬쩍 그었다. 골드바는 없었다. 명품이긴 하지만 그냥 매트리스. 골드바를 숨길 구조도 아니었다.

벽을 촘촘히 두드려 보았다. 비밀 공간은 없었다. 공간이란 공간은 다 뒤진 길모는 마지막으로 욕실로 들어섰다.

욕실 풍경은 깔끔했지만 특별히 다르지 않았다. 그나마 다른 건 욕조를 놓은 위치가 바닥보다 많이 높다는 것뿐.

그러다 길모의 시선이 벽시계에 닿았다. 시계가 좀 독특했다. 한쪽 구석에 번호 키 같은 그림이 있는 것이다. 잠금장치에 끌린 길모가 시계를 잡았다. 떨어지지 않았다. 완전 붙박이식 벽시계였다.

'응?

유리문을 열고 판을 확인하던 길모의 눈이 휘둥그레졌다. 그냥 장식용 그림이 아니라 진짜 번호 키였다. 혹시나 싶은 마음에 번호 키를 잡았다. 비밀번호들은 임자를 만난 듯 법석을 떨며 정렬했다.

기이잉!

열렸다.

하지만 어디서?

귀를 기울이자 뒤에서 기어 돌아가는 소리가 들렸다. 가만히 돌아보던 길모는 믿기지 않는 광경을 목격하고 말았다. 욕조가 통째로 들리고 있는 것이다.

"……?"

욕조가 90도 각도로 들렸을 때 길모는 차마 숨조차 제대로 쉴 수 없었다. 거기 있었다. 차상빈의 비밀 금고… 길모는 투박한 자물쇠를 풀고 비밀스러운 바닥을 좌우로 밀었다.

'아!'

눈부신 빛에 잠시 눈을 감았다. 바닥 안은 온통 골드바 천지였다.

길모는 눈을 의심했다. 욕조 아래에 기막히게 마련된 간이 금고. 바닥을 높이고 속을 비워 특수하게 장치한 안에는 작은 골드바가 100여 개도 넘게 숨 쉬고 있었다. 일단 하나를 꺼내 들고 깨물었다.

'윽!'

물렸다.

'순금…….'

금에 이빨 자국이 선명하게 났다. 이빨도 아프지 않았다. 가짜가 아니라는 얘기였다.

'기묘하군. 이런 데 두었으니 신도 모를 수밖에.'

머리 하나는 기가 막혔다. 욕조를 들어내고 그 아래에 제작한 공간. 그걸 연결하는 비밀의 선은 벽에 걸린 벽시계. 벽시계는 고정식. 설령 고장이 난다고 해도 떼어버릴 수 없는 상황.

이걸 위해서 오피스텔을 사자마자 공사에 들어갔던 것이다. 아마 두 딸도 이 비밀은 모를 것 같았다. 열쇠를 가진 차상빈은 딸들이 없을 때 들락거렸다. 자신이 모아온 골드바를 숨기기 위해서였다. 딸들이 있을 때 와도 별문제는 없었다. 그녀들이 나간 후에 이용하면 그만이었다.

　—올라와라. 정문 이용하지 말고.

　길모는 장호에게 문자를 날렸다. 오래지 않아 장호가 들어섰다.

　[우와!]

　골드바를 본 장호가 소스라쳤다.

　"서둘러라. 빨리 나가는 게 좋아."

　길모가 골드바를 챙겼다. 날이 바짝 새기 전에 할 일이 또 있었던 것이다.

　[이게 다 금이에요?]

　"감탄은 나중에 하고 빨리 챙기라니까."

　길모는 장호를 다그쳤다. 금이 코앞에 있지만 시간이 금이었다.

　[우왓!]

　금이 들어가자 가방이 묵직해졌다. 일부러 튼튼한 걸 준비했지만 무게감은 엄청났다.

　"들고 나가. 빨리!"

　[알았어요.]

　"윤표 불러서 회장 차량 차고지 알아놓고."

　[알았다고요.]

　장호는 두 가방을 들고 문을 나갔다. 길모는 그제야 욕조를 원상 복구시켜 놓았다. 그런 다음에 벽시계의 비밀번호를 살며시 바꾸어 놓았다.

'차상빈……'

거실로 나온 길모가 목욕탕을 돌아보았다.

'억울해할 거 없어. 어차피 당신도 남의 피눈물을 가로챈 것… 욕조 밑에서 썩느니 좋은 일에 쓸 테니 그리 알라고.'

그 말을 두고 길모는 오피스텔 2122호의 문을 닫았다. 침대 밑에다 차상빈의 빌라 금고 비밀번호를 적은 명함을 살며시 던져 놓은 채. 그 명함은 차상빈에게 알랑거리던 회장의 것이었다.

바다당!

잠시 후에 길모는 도로를 폭주하고 있었다. 다음 목표는 회장의 차였다. 그에게 선물할 것이 있었다.

"윤표는?"

[헤르프메로 가방 배달시켰어요.]

가속을 붙이던 장호가 대답했다.

오토바이는 머잖아 회장의 차고지에 도착했다. 차는 집에서 살짝 떨어진 곳에 있었다.

[앞뒤로 차가 있어요.]

"조치해라!"

길모는 헬멧을 쓴 채 지시를 내렸다. 장호는 헬멧 대신 야구 모자를 눌러쓴 채 다가가 차량 앞 유리에 신문을 펼쳤다. 블랙 박스를 가린 것이다.

철컹!

곧이어 길모가 회장의 트렁크를 열었다. 길모는 잡동사니들 맨 아래에 깊숙이 선물을 쑤셔 넣었다. 그런 다음에야 현장을 벗어났다.

"밥 먹으러 가자."

다시 폭주할 때 길모가 장호 뒤에서 말했다.

[에? 밥요?]

"다 먹고 살자고 하는 일이잖냐?"

[그렇지만 지금…….]

"갑자기 얼큰한 동태찌개가 급 땡긴다."

[알았어요.]

장호가 핸들을 돌렸다. 카날리아 근처, 밥을 대놓고 먹는 식당으로 가기 위해서였다.

"밥 안 먹냐?"

찌개가 나왔지만 장호는 감히 밥을 뜨지 못했다.

[으아, 지금 밥이 넘어가요?]

"안 넘어가면?"

[난 지금도 골드바가 아른거려요. 그거 대체 몇 개였어요?]

"알아서 뭐하게?"

[형, 완전 태평양만 한 배포가 된 거 알아요? 그거 수십억도 넘을지 몰라요.]

"그럼 많은 사람들에게 도움이 되겠네."

[으아, 진짜…….]

"안 먹을 거면 가자."

[예?]

"가자고. 또 들릴 데 있다."

길모는 남은 밥을 비우고 일어섰다.

바다당!

오토바이는 미사일처럼 내달렸다. 시원했다. 아침햇살도 좋았다. 누런 햇살이 감싸는 서울. 세상이 다 금덩어리 같았다.

*　　　*　　　*

꿀꿀꿀!

길모는 종이 잔이 넘치도록 소주를 따랐다. 그런 다음에 대리석 위에 정성껏 놓았다. 그 앞에는 마른 북어가 놓여 있다. 길모는, 지금 윤호영의 납골묘 앞에 있었다.

'윤호영…….'

그를 생각하며 절을 올렸다. 언제나 길모 안에 살고 있는 것 같은 그. 생각하면 늘 사람을 숭고하게 만드는 그…….

'네 아버지의 돈을 찾아왔다.'

길모는 비장한 속내로 말을 이었다.

'그리고 억울하게 털린 다른 사람들의 돈도…….'

옆에서 바라보는 장호도 함께 비장해졌다. 길모에게 물이 든 것이다.

'오늘 아침 햇살 맑지?

길모는 숲을 향해 고개를 돌렸다. 자작나무 사이로 눈부시게 파닥거리는 햇살. 그 찬란함 속에 호영이 아른거리는 것만 같았다.

'여기서 느긋하게 지켜봐라. 내가 은철과 함께 네 꿈을 조금씩 이뤄가는 걸…….'

길모는 표지석을 쓰다듬고 돌아섰다. 죽은 그는 쉬어도 되지만 산 길모는 머뭇거릴 시간이 없었다.

디로로롱!

납골묘역을 벗어날 때 전화기가 울렸다. 은철이었다.

—홍 부장!

"아침부터 왜?"

—차상빈에게 기부의 기쁨을 안겨준 거야?

"금괴, 도착했어?"

—그래. 이렇게나 많아?

"뭐 어차피 똥물 밑에서 썩어가길래 내가 채왔어."

—문제는 없겠지?

"아마!"

—수고했어. 근간 와서 지원대상자들 좀 심사해 줘.

"그건 당신이 도 원장님과 둘이 알아서 하라니까."

—아, 도 원장님!

"왜? 무슨 문제가 있어?"

—오늘 올라오실 거야. 함께 만나는 게 어때?

"싫어. 난 요즘 바쁘거든."

길모는 거절했다. 존경하는 도명재 원장. 늘 길모를 걱정하는 단 하나의 사람. 그는 길모가 카날리아를 걷어치우고 견실하게 살기를 원한다. 하지만 지금은 그때와 확 달라진 길모. 그렇다고 그 사연을 다 말할 수도 없으니 만나지 않는 게 편할 것 같았다.

—그럼 할 수 없지. 아무튼 고생했어.

은철은 따뜻한 인사와 함께 전화를 끊었다.

'또 올게.'

다시 납골묘를 돌아본 길모가 나지막이 말했다. 햇살은 어느새 축복처럼 자작나무를 넘어오고 있었다.

*　　*　　*

퍽!

단잠을 자던 길모는 불의의 테러에 놀라 잠에서 깨었다. 테러의 주범은 장호의 손이었다. 그가 잠결에 길모를 후려친 것이다.

[미안해요.]

"어우, 이빨 안 나갔나 모르겠다."

길모는 턱을 어루만졌다. 잠결에 맞은 것 치고는 제대로였다.

[악몽을 꾸다가 그만…….]

"악몽?"

[금에 깔려죽는 꿈을 꾸었지 뭐예요.]

"왜? 걱정되냐?"

길모가 물었다. 차상빈의 오피스텔에서 털어온 금괴들. 한두 개가 아니었으니 걱정이 되는 것도 이해가 되었다. 장호는 꾸벅 고개를 끄덕였다.

"처음 생각 나냐? 기노겁의 금고를 털었을 때."

장호는 또 고개를 끄덕거렸다.

"그때 네가 뭐라고 한 줄 알아?"

[뭐라고 했는데요?]

"내가 판사 같다고. 억울한 사람을 위해 정의로운 판결을 내 린……."

[아, 기억나요!]

"이번에도 그렇게 생각해라. 우린 패악한 인간에게 심판을 내린 거야. 금괴는 어렵고 힘든 사람들에게 큰 힘이 될 거고."

[그렇죠?]

"암, 그러니까 마음 편하게 먹어라. 차상빈도 우리를 의심하 지는 못할 거야."

[하긴 같이 일하는 사람들과 알력이 많으니까요.]

"게다가 금괴야. 보아하니 밀수로 바꿔온 것도 많은 거 같은 데 제정신이면 경찰을 찾아가지 못해. 아마 눈에 쌍불을 켜고 뒤통수를 친 배신자를 찾아 나서겠지."

길모는 자신의 심판을 믿었다. 차상빈의 차에서 보았던 금 가 공 주문서들. 그걸로 미루어보면 차상빈의 골드바는 바른 경로

로 모아진 게 아니었다. 밀수를 하거나 반지나 팔찌 등의 잡동
사니 금을 모아 가공한 것이다. 평생을 남 등치는 일로 살아온
인간이니 빠삭하게 꿰고 있는 구린 시스템을 활용한 것이다.

[형!]

길모가 휘파람을 불며 룸을 점검할 때 장호가 들어왔다.

"2번 룸 점검 끝났냐?"

[지금 점검 중이에요. 그런데 그분이 오셨어요.]

"그분?"

길모가 고개를 들었다. 이제 그분으로 지칭될 사람이 너무 많
은 길모였다.

[도 원장님요!]

"……?"

장호의 수화에 길모는 정신이 퍄뜩 들었다. 그리고 은철의 전
화가 스쳐 갔다. 오늘 서울에 온다더니 그 와중에 길모를 찾아
온 모양이었다.

"원장님!"

길모는 밖으로 나와 도명재를 만났다. 도명재는 늘 그렇듯이
바랠 대로 바랜 낡은 양복을 걸치고 있었다. 그에 비하면 길모
는 잔뜩 칼날을 잡은 흰 양복. 마주 서니 그만한 부조화도 드물
었다.

"오랜만이구나."

"네… 잠깐 들어가실래요?"

"아니!"

그는 고개를 저었다.

"서울엔 어쩐 일로……."

길모는 시치미를 떼고 물었다.

"어디 좀 들릴 데가 있어서 올라 왔다."

"그러… 세요?"

"어려운 사람들을 돕는 기관이 있는데 이번에 내가 거기서 일을 보게 되었다."

"아, 네……."

"너도 여기 생활 접고 거기서 일해 볼 생각이 있느냐? 월급은 많지 않겠지만 보람은 있는 일인데……."

"저는 그냥 여기가……."

"길모야!"

"……."

"아버지 생각을 해야지. 네 몸에는 네 아버지의 숭고한 피가 흐르고 있어. 그러니 이런 일하고는 안 맞는다."

"죄송하지만 제 생각은 다릅니다."

도명재의 말을 경청하던 길모가 가만히 고개를 들었다.

"다르다?"

"언젠가 원장님 말씀하시길 직업에 귀천이 없다고 하셨습니다. 여기도 밖에서 생각하는 것처럼 그렇게 나쁘니 않으니 이 일로 승부를 볼 생각입니다."

"내 말은……."

"이런 말씀도 하셨지요. 어디서든 정신만 바짝 차리고 있으면 나쁜 물이 들지 않으니 모든 건 다 자기 할 탓이라고……."

고개를 들고 반듯하게 자기 의지를 밝히는 길모. 그 모습에 놀란 도명재의 눈은 길모에게서 떨어지질 않았다.

"네가 걱정이 되어서 이러는 게 아니냐? 어차피 비전도 없는 일……."

"실은 그동안 사정이 좀 변했습니다."

"변해?"

"그때는 그냥 될 대로 되라 하며 살았는데 어느 날부터 마음을 독하게 먹었습니다. 그랬더니 슬슬 일이 풀리기 시작했습니다."

"그게 정말이냐?"

"원장님이 걱정할까 봐 말씀드리지 않았는데 그동안 밀린 가불도 다 깠고 이제는 제법 저축도 하고 있습니다."

길모는 통장을 내밀었다. 관상 복채 받은 걸 넣어둔 통장이었다.

"틀린 말은 아닌 거 같구나."

도명재의 눈자위가 조금 풀어지는 게 보였다. 길모는 거기서 헤르프메 카드를 꺼내 들었다.

"그리고 적으나마 보람된 곳에 기부도 하고 있지요."

"기부라고?"

"헤르프메요. 혹시 원장님도 아세요?"

"……!"

타이밍은 기가 막히게 적중했다. 도명재의 가슴에 자연스럽게 깊은 울림을 남긴 것이다.

"네가 헤르프메를 안단 말이냐?"

눈을 휘둥그레 뜨고 물어보는 도명재.

"저뿐만 아니라 장호하고 우리 직원들도 십시일반 돕고 있는걸요."

"허어, 이럴 수가? 내가 함께 일하기로 한 곳도 헤르프메인데……."

"어, 그러세요?"

"너 설마 나 안심시키려고 대충 둘러대는 거 아니지? 거기라면 내가 다 조사해 볼 수도 있어."

"해보셔도 괜찮습니다. 언젠가는 원장님께 말씀드리려던 차라서……."

"잠깐 기다리거라."

도명재는 바로 전화기를 꺼내들었다. 그런 다음에 통화를 시도했다.

"여보세요. 나 도명재라는 사람인데 노은철 대표님 좀 부탁합니다."

통화를 하는 동안, 원장의 입은 점점 더 벌어졌다.

허어, 저런, 허어, 이런!

원장은 몇 번이고 감탄을 토하고 통화를 끝냈다.

"제 말이 맞지요?"

지켜보던 길모가 물었다.

"이런… 노 대표 말이 네가 최고 모범회원 중의 한 사람이라는구나. 세상에……."

"모범회원까지는……."

"미안하구나. 이렇게 속이 깊은 줄도 모르고 내 멋대로 생각하고 있어서."

"아닙니다. 그동안 제가 워낙 개차반처럼 살아서……."

"그럼 그렇지. 네 아버지 피가 어딜 갈까? 음지에서 벌어 양지를 지향하니 네 기부야말로 사회사업한다며 잘난 생색이나 내고 다니는 나에게 경종을 울리는구나."

"원장님……."

길모, 감격하는 도명재를 보니 콧등이 시큰해 왔다.

아버지와 함께 끼니를 굶어가면서도 어려운 사람들 돕는 일로 청춘을 허비한 도명재. 그렇기에 길모는 도명재 속에서 그리운 아버지를 느끼는지도 몰랐다.

"부끄럽구나. 다시는 네게 이러쿵저러쿵 설파하지 않으마. 그러니 지금처럼 굳세게 미래를 향해 나가거라."

도명재는 길모의 등을 토닥여 주었다.

잘했구나.

장하구나.

그 옛날 어린 길모를 격려하던 아버지의 손길처럼. 길모는 콧날이 시큰해 한참 동안 고개를 들지 않았다.

제2장

유복동향유난동당

[형, 이거요.]
1번 룸에 들어서자 장호가 나무 조각을 내밀었다.

유복동향 유난동당(有福同享 有難同當)!

복은 함께 나누고, 어려움은 같이 헤쳐 나가자는 뜻!
길모가 윤표에게 시켰던 일이었다.
[잘 나왔죠? 윤표 자식이 아는 명인에게 엄청 압력을 넣었대
요.]
"잘해 달라고?"
[네!]

"그래야지. 보기 좋은 떡이 먹기도 좋으니까."

[붙일까요?]

"그래. 혜수하고 같이."

잠시 후에 혜수가 들어왔다. 그녀는 오늘도 한 편의 환상 같았다.

원화소복!

길모가 이걸 1번 룸의 상징으로 내세우는 데는 이유가 있었다. 우선 관상의 방향 설정이다.

온갖 구린 일로 치부한 인간들의 돈을 털어 밝은 빛의 세상으로 끌어내야 하지만 그보다는 1번 룸이 고민을 해결하는, 비전을 제시하는 룸으로 자리를 잡는 게 필요했다.

누구든 1번 룸에 가면 원하는 걸 얻게 된다.

사업하는 사람은 사업운을!

연애하는 사람은 연애운을!

투자하는 사람은 투자운을!

고민하는 사람은 해결책을!

울화병 걸린 사람은 해소를!

액운을 가진 사람은 방지책을!

다 표면적으로는 원화소복이다. 이렇게 되면 이 안에서 일어나는 일은 모든 게 자연스럽게 여겨진다. 부패한 방법으로 치부한 인간에게 액운의 방지책으로 재물을 내놓게 하면 되는 것이다. 이 또한 원화소복이다.

1번 룸에 갔다 오면 털린다가 아니라, 1번 룸에 다녀와 액운을 막았다가 되는 것이다.

물론, 그 운용의 묘는 전적으로 길모의 능력에 달려 있었다.

아 다르고 어 다른 한국말. 그 미묘한 차이를 부패한 자들이 느끼지 못하도록 관상 능력을 발휘해야 하는 것이다.

"시작하시죠, 스승님!"

장호가 나가자 혜수가 재촉을 했다. 그녀는 이미 테이블 위에 노트와 관상책, 그리고 관상 용어가 적힌 관상도를 펼쳐 놓았다. 기대보다 착한 학생(?)이었다.

"오늘도 이마!"

길모는 관상도에서 명궁을 짚었다. 눈썹과 눈썹 사이의 양미간.

"명궁과 인당은 잘 구분이 되지 않아요."

혜수가 고개를 저었다.

"같은 개념으로 보면 돼."

"어머, 진짜요?"

"그래. 관상책에 따라서 약간 다르게 써둔 것도 있지만……."

"그렇군요."

"명궁에 대해 아는 대로 말해봐."

길모는 다리를 꼬며 물었다. 그래도 스승이다. 이런 자리에서나마 길모도 다소 긴장을 풀고 싶었다.

"명궁이 중요하다고… 좋아야 한다고요. 한문으로 명궁(命

宮)이니 수명과 관련된 곳인가요?"

"맞아. 명궁은 선천적 운명자리라고 봐야 해."

"그럼 어떤 상이 좋고 어떤 상이 나쁜가요?"

"일단 반듯하고 윤이 나고, 볼륨감이 있으면 좋지. 하지만 운명이라는 게 명궁에서만 읽을 수 있는 건 아니야."

"반듯하고 윤이 나고, 볼륨감……."

혜수는 열심히 노트에 적었다.

"윤기는 개기름은 아니야. 관상으로 보자면 낯빛, 찰색, 윤기 등으로 말하는데 생기라고 보면 될 거 같아."

"어머, 관상도 잘 보려면 국어 공부 좀 해야 하네요. 비슷한 말이 막 나오네?"

"명궁은 한마디로 신상에 예기치 않은 일들을 반영해. 그 생기의 농담과 후박을 잘 살피면 목숨을 죽이고 살릴 수도 있지."

"그럼 오늘 제 명궁은 어때요?"

혜수가 이마를 내밀었다.

"오늘은 별일 없을 거 같고… 내일은 조심해. 십 년 감수하는 일이 생길 조짐이야."

"십 년 감수요?"

"놀랄 일이 생긴다는 거야. 새벽 4시경이니까 퇴근길인 모양이군."

"어떻게 본 거예요? 아무리 봐도 그 이마가 그 이마인데?"

혜수는 작은 거울을 보며 눈알을 굴렸다.

"운의 기세는 미묘해서 대충 봐서는 보이지 않아. 노련한 관상가라고 해도 치명적으로 나타난 상 외에는 보기기 힘들지. 그러니까 연습에 연습이 필요한 거야."

두 번째로 복덕궁까지 짚어나갔다. 복덕궁은 관록궁으로 불리는 이마 한가운데를 중심으로 양쪽에 위치한다. 금전운과 평생의 복을 짚어보는 곳.

거기까지 하고 일어서려 했지만 혜수가 관록궁을 물어왔다. 설명 중에 나온 말이라 그냥 넘기지 못하는 모양이었다.

관록궁은 이마의 한가운데 자리 잡고 있다. 관운과 출세운을 보는 곳이다. 특히 관직으로 나갈 사람은 이 관록궁이 좋아야 함은 물론이다. 소위 관운이 좋다는 말은 바로 이마 한가운데가 잘생겼다는 것과도 상통하는 것이다.

"어우, 이제 시작인데 벌써 머리가 뻑적지근해요."

혜수는 고개를 흔들었다.

"너는 눈썰미가 좋으니까 금방 배울 수 있을 거야."

"언제요?"

"글쎄… 나한테서 독립할 때쯤 되면?"

"피이, 관상은 속성완성 같은 거 없어요? 아니면 신비한 비법이라든가?"

"있다고 듣긴 했는데……."

"어머, 진짜요? 뭔데요?"

"그런 거 에뜨왈에도 많지 않아?"

"에뜨왈에도요?"

"나 잘나가는 피디인데 나한테 잘 보이면 키워줄게. 내가 말

한마디면 바로 인기 드라마나 영화에 최소한 조연으로 캐스팅
이야."

"에이, 그건 사기잖아요? 철없는 애들 돈 뺏고 몸 뺏는……."

"관상도 똑같아. 세상에 공짜로 올라탈 수 있는 엘리베이터
가 어디 있겠어? 다 그만한 대가를 치러야지."

"네에, 알아서 모시겠습니다. 스승님!"

"실은 내가 아니고 진짜 잘 모셔야 할 분이 계셔."

"오늘요?"

"응!"

"누군데요? 갑자기 막 궁금해지네?"

"에뜨왈 이만기 상무이사님. 그냥 간단히 이 실장님!"

"……!"

길모의 말에 혜수의 낯빛이 변했다.

"그분이 오늘… 오시는 거예요?"

"홍연이로 때울까?"

"……"

잠시 생각하던 혜수가 입을 열었다.

"아뇨. 제가 모실 게요. 어차피 거기서 정직원도 아니었는데
요, 뭐."

"괜찮겠어?"

"뭐 좀 찜찜하기는 해요. 관상이라도 제대로 배웠으면 좀 나
을 텐데……."

"근묵자흑(近墨者黑)!"

"네? 근묵자흑? 먹과 가까이 있으면 먹물이 든다?"

"오늘 복덕궁 배웠잖아? 겁먹지 말고 딱 그것만 써먹어 봐. 다른 데서라면 몰라도 여기서는 통할 거야. 뒤처리는 내가 이어줄게."

"어머, 이 실장님에게 사이비 관상 솜씨를요?"

"처음에는 다 그렇게 배우는 거야."

길모는 혜수를 안심시켜 주었다.

처음에는 다 그렇게!

사실 그건 관상을 두고 한 말은 아니었다. 길모가 개고생하며 배운 건 웨이터 일. 그 또한 처음에 오면 허드렛일로 시작하니까.

이 실장은 두 번째 손님으로 들어왔다. 그는 젊은 중역을 대동하고 있었다.

"어이쿠, 룸 분위기가 확 바뀌었군."

그도 꽃바구니를 보고 놀라는 표정을 지었다. 그래도 나쁘지는 않은 모양이었다.

"유복동향에 유난동당이라? 복은 같이 즐기고 어려움은 함께 풀어가자는 뜻인가?"

조각에 새겨진 글귀를 본 이 실장이 길모를 보며 물었다.

"예, 뜻이 좋은 거 같아 한 번 걸어보았습니다."

"딱 어울리는군."

"고맙습니다."

"홍 부장하고 잘 맞는 아가씨들을 영입했다고?"

"예… 실장님 덕분에 손님이 늘다 보니 아가씨가 모자라 소홀하는 것 같아서요."

"내가 무슨… 나야말로 늘 홍 부장 신세지."

"별말씀을……."

"아무튼 이 방에서는 홍 부장이 왕이니까 알아서 하시게. 여자든 술이든."

"그래도 되겠습니까?"

"뭐 내 사정 봐주실 거 없네. 실은 오늘도 신세를 좀 져야 하거든."

이 실장이 웃었다. 아마 관상에 관한 질문이 있는 모양이었다.

"그럼 복채를 겸해 500 꼬냑으로 세팅하겠습니다."

길모는 인사를 남기고 복도로 나왔다. 마침 2번 룸을 예약한 젊은 사업가들 넷이 들어섰다. 그들을 모신 다음에 대기실로 들어갔다. 길모가 들어서자 아직 입실하지 못한 아가씨들이 일제히 길모를 집중했다. 눈도장을 받아야 입실 기회를 갖기 때문이었다.

"홍연아!"

길모는 홍연을 부른 뒤에 뒷말을 이었다.

"네 명이다. 불타고 싶어서 오신 분들이니 확 태워줄 애들 둘 데리고 유나랑 함께 들어가라."

길모는 홍연을 띄우고 있었다. 원래 에이스들은 대기실에서

성깔 좀 부리는 경우가 많다. 에이스들도 지명 손님이 많다 보니 그들이 데려온 손님에게 친한 아가씨를 추천하는 경우가 많았기 때문이었다.

"알았어요."

홍연은 용수철처럼 일어섰다. 길모는 돌아보지 않고 나왔다. 대기실에도 그들만의 룰이 있었다. 끼워 넣기로 연명하던 승아와 유나가 지나온 것처럼.

[안녕하세요!]

먼저 1번 룸에 들어선 승아가 수화와 함께 묵례를 올렸다. 길모는 승아를 중역 옆에 앉혔다. 늘 승아와 앉던 이 실장이 길모를 바라보았다.

"실장님 모실 아가씨는 잠시 꽃단장 중입니다. 조금만 기다려 주십시오."

길모는 꼬냑을 까서 이 실장에게 한 잔을 올렸다. 혜수가 들어선 건 그때였다.

"……?"

이 실장의 눈이 고장이라도 난 듯 깜박거렸다. 어디선가 본 것 같은 아가씨. 그러나 그 아가씨일 리 없는 상황. 그럼에도 낯익은 혜수의 얼굴은 이 실장의 눈을 그냥 두지 않은 것이다.

"혹시?"

"맞습니다. 실장님!"

대답은 길모가 했다. 설명 또한 길모의 몫이었다.

"결례가 되었다면 송구하게 생각합니다. 실장님 회사에서 근무하던 여직원입니다."

"……?"

그 말에, 이 실장뿐만 아니라 중역까지 눈이 휘둥그레졌다. 중역은 혜수를 모르는 눈치였지만 회사 직원이었다고 하니 놀라지 않을 수 없는 것이다.

"허어!"

뜻밖의 상황에 이 실장, 그저 짧은 한숨을 흘렸다.

"불쾌하시다면 다른 아가씨로 교체하겠습니다."

길모가 다시 고개를 숙였다.

"뭐 그럴 거 있나? 갑자기 그만두었다길래 무슨 일인가 했더니 이렇게 만나니 반갑기도 하고 황망하기도 하고……."

"가서 앉아!"

이 실장이 거부감을 드러내지 않자 길모는 혜수의 등을 밀었다.

"외람되지만 제가 혜수 씨 관상을 보니 밤 돈을 벌어야 길할 상이었습니다. 마침 정직이 될 기회를 몇 번이나 놓쳤다기에 성공하는 방향으로 이끈 것이니 해량해 주시기 바랍니다."

"이 친구가 사교로 돈을 벌 상이다?"

이 실장의 눈이 혜수에게 향했다. 길모를 믿는 그였으니 신기한 모양이었다.

"밤일을 하되 천박할 상은 아닙니다. 어쩌면 몇 년 후쯤에는 사교계의 여왕이 될지도 모르니 실장님도 미리 투자를 하시는 게……."

"오라, 그러고 보니 여기서 보니까 아우라가 느껴지는군. 뭐랄까? 신비감에 더해 몽환적인 분위기… 마치 보석을 옆에 둔 기분이야."

이 실장은 혜수의 진면목을 알아보았다. 과연 대한민국 최고의 광고업계를 이끄는 사람다웠다.

"게다가……."

거기서 길모가 슬쩍 혜수를 띄워 올렸다.

"그녀 또한 관상에 남다른 재기(才氣)가 있습니다. 해서 사사롭게는 제자로 삼았습니다."

"관상에?"

다시 눈이 동그레지는 이 실장.

"솜씨 좀 보여드려."

길모는 혜수를 바라보며 찡긋 윙크를 날렸다.

"홍 부장님에 비하면 조족지혈(鳥足之血)이지만……."

혜수, 분위기를 제대로 잡고 들어갔다.

"실장님 복덕궁을 보니 오늘 재물운이 들어온 것 같네요. 첫인사를 좋은 소식으로 만나게 되어 기쁘게 생각합니다."

"허어!"

이 실장의 입이 살짝 벌어졌다. 약속한 대로 그 뒤는 길모가 받았다.

"혜수 씨가 제대로 보았군요. 관록궁에 재물 향이 진동하니 오후 2, 3시가 아닙니까? 그 향은 이제 시작이라 수삼 일은 이어질 듯싶습니다."

"어이쿠, 이거 홍 부장만 해도 내 운을 다 알고 있으니 감히 쳐다보기 어려운데 이제 새끼 귀신까지 딸렸으니 겁이 나서 오겠나?"

기분이 좋아진 이 실장은 너털웃음을 웃었다.

"진짜 말씀하신 대로군요. 혀를 내두를 지경입니다."

지켜보던 중역은 어이가 없다는 듯 고개를 저었다.

"제가 맞춘 건가요?"

다소곳하던 혜수가 술을 권하며 물었다.

"새끼 귀신이 어르고 뺨치는 건가? 실은 내가 따로 좀 투자하던 주식이 오후장 폐장 직전에 상한가를 쳤네. 해외에서 굉장한 수주실적을 올려서 한 이틀은 상한가 갈 거 같다던데 정말 못 당하겠군."

"어머, 축하드려요."

혜수는 단아한 미소로 말했다. 자연스러우면서도 천박하지 않은 추임새. 그녀는 천상 사교밥(?)을 먹을 운이 분명했다.

"하핫, 이거 술맛 나는군. 다들 한 잔씩 하자고."

이 실장이 권하자 착석자들은 바로 잔을 채웠다.

"솔직히 저는 관상 같은 거 안 믿습니다만……."

잔을 비운 중역이 말문을 열었다.

"그래서 더러는 실장님 취향에 물음표를 달기도 했는데 직접 보니 그게 아니로군요."

"그래서 내가 배 이사를 데려온 거 아닌가?"

"제게 새로운 교육을 시키시려고요?"

"배 이사도 광고판 관록이 만만치 않은 사람인데 무슨 교육? 그저 세상은 넓더라는 취지로 모셔온 거니 내키지 않으면 화두를 꺼내지 않아도 좋네. 그 결정권은 어차피 배 이사가 가진 거니까."

"아닙니다. 여기 분위기를 보아하니 사이비 같지도 않고… 게다가 이 실장님이 신뢰하는 사람이라니……."

배 이사는 길모를 바라보며 뒷말을 이었다.

"내 부탁 하나 들어주시겠나?"

그가 내놓은 건 노인 사진이었다. 노인이지만 나름 유명인이었다. 노익장을 과시하며 활발하게 방송 활동을 하는…….

"이번에 우리 라인이 보험광고를 맡게 되었네. 그 양반은 숙고 끝에 정한 광고 모델이고……."

배 이사는 승아가 주는 안주를 받아들고 계속 말꼬리를 붙였다.

"나는 새로운 시도라고 생각했는데 외부 평가단에서는 야박한 점수가 나왔어."

"……."

길모는 말없이 귀를 기울였다.

"싱싱한 젊은 스타들도 많은데 왜 다 늙은 늙다구리를 내세우느냐는 거지. 게다가 나이가 워낙 많으니 내일이라도 쓰러질 가능성도 있다고……."

"……."

"여기 이 실장님도 계시지만 나는 사실 신선미를 젊거나 싱싱한 것에서만 찾지 않았네. 예전에 호박을 건강식 CF에 사용한 예가 대표적이지."

호박 광고! 그건 길모도 기억하고 있었다. 건강식 광고에 등장한 호박 때문이었다. 그러나 그 광고는 대박을 터트렸다. 못생긴 호박. 그걸 가르자 안에서 생생한 황금색이 나왔다. 누런 호박씨는 마치 금화처럼 보였다.

호박의 안팎을 색다르게 보여줌으로써 파릇하고 컬러풀 소재 일색이던 건강식 광고시장에서 차별화를 이루며 시장을 평정했던 것.

"홍 부장이라고 했던가? 어떠신가? 내 모험이……."

배 이사가 부드럽게 웃었다. 주장은 단호하지만 의견 개진은 솜털 같은 말솜씨. 그 역시 광고시장에서 이사까지 오를 만한 장점을 가지고 있었다.

"그러니까 이사님이 원하는 건 이분이 광고 모델로 적합한 건가 하는 겁니까?"

이야기를 다 들은 길모가 물었다.

"그렇지. 뭐 대박이다 쪽박이다 하는 건 우리가 콘셉트 잡기에 달렸지만 혹 그 양반, 개인적으로 문제가 있거나 하다면… 오는 길에 듣자니 실장님 말씀에 그런 것도 가능하다고 하더만."

"사진을 더 볼 수 있을까요?"

길모가 배 이사를 바라보았다. 요즘 사진이야 죄다 포샵질을 해서 윤이 번쩍번쩍 흐르니 감이 좋지 않을 때는 실물에 가까운 사진이 필요했다.

"아, 잠깐… 내 차에서 노트북을 가져오겠네."

"키를 주시면 제가 다녀오겠습니다."

길모는 웨이터로서의 서비스 자세를 잊지 않았다. 복도로 나온 길모는 바로 계단을 올랐다. 세단에는 장호가 달라붙어 간이세차를 하고 있었다.

[잘되어 가요?]

"그래. 잘 닦아라."

[걱정 마세요. 나도 이제 반 세차전문가라고요.]

"그럼 너무 잘하지 마라. 세차전문가로 나서면 안 되니까."

[쳇, 가래도 안 가네요.]

"말이라도 고맙다."

[그런데 형, 그 손님 왔어요.]

"어떤?"

저기요. 장호가 턱으로 말했다. 길모의 눈에 페라리가 들어왔다.

"진궁철강 3세?"

[네, 창해 씨 지명인가 보던데요?]

"그래?"

길모 입가에 미소가 스쳐 갔다. 그가 왜 왔는지 알 것 같았기 때문이다.

"이 부장님!"

복도로 내려온 길모는 룸에서 나오는 이 부장을 불러 세웠다.

"왜?"

"진궁철강 3세 납셨죠?"

"그런데?"

"창해 지명했죠?"

"그래. 무슨 문제 있어?"

"아뇨. 없습니다. 전혀!"

"사람 싱겁긴… 요즘 잘나간다고 나랑 농담 따먹기 하자는 거야?"

이 부장은 짜증 섞인 견제구를 날리고 주류창고 문을 열었다.

'허얼!'

길모 입에서 한숨이 밀려 나왔다. 이 부장. 요즘 지나치게 오버하고 있다. 자존심 때문이다. 연예인들이 꽉꽉 납실 때는 서 부장도 거뜬히 밀어내던 매상. 그런데 이제 최고 허접이던 길모가 그 목을 조이고 있으니 신경이 곤두설 만도 했다.

'앞으로 똥줄 좀 탈 겁니다.'

길모는 빙긋 미소를 남기고 다시 1번 룸으로 돌아왔다.

"어떠신가?"

며칠 전에 촬영된 분량의 방송 영상을 돌린 배 이사가 길모를 바라보았다. 길모는 화면을 얼굴에서 세웠다. 80세 노익장의 얼굴은 그늘조차 없었다.

"계약 조건은 어떻죠?"

"3개월 단발이라네."

"만추가경(晚秋佳景)이라, 계약하세요!"

길모는 두말없이 대답했다.

"문제없겠나?"

"좋은 정도가 아니라 이분은 늦게 피는 꽃입니다. 만만개화 상이니 앞으로 10년은 잘나갈 겁니다. 기왕이면 장기 계약을 하시는 게 좋을 듯싶습니다."

"어, 그래?"

배 이사의 얼굴이 환하게 펴졌다.

"허어, 역시 배 이사 뚝심은 알아줄 만하구만. 이제 보니 나름 관상도사야."

이 실장도 기꺼운 표정이었다.

"아이고, 웬걸요. 홍 부장 말 들으니까 속이 다 후련하지만 저도 나름 고민 많이 했습니다. 국민MC 송모 선생 같은 분이 CF로 성공한 적 있지만 다들 특이한 케이스로 받아들이던 차라……."

국민 MC 송모 선생.

모 은행의 CF에 나와 노익장을 과시했다. 당시 그 광고는 은행장의 딸이 반대를 했었다. 더구나 그녀의 직업은 유수한 광고회사의 광고전문가.

'구닥다리 광고다. 광고계의 오명으로 남을 것.'

은행장 아버지를 향한 그녀의 충언이었다. 은행장 아버지는 광고 전문가 딸과 내기를 벌이며 송모 씨를 모델로 찜했다. 그 광고는 대박을 터뜨렸고 아버지가 이겼다.

'진정성이 있으면 상식에서 벗어나도 성공할 수 있다.'

당시 아버지의 소신이었다.

"계약 문제는 전향적으로 검토해 보겠네. 미래에 잘나갈 스타라면야 우리에게도 이익이 되는 일이니."

"저기……."

이야기가 매듭 단계에 이르자 혜수가 대화에 들어왔다.

"왜? 새끼 도사께서도 할 말이 있으신가?"

"이사님 라인이면 송 부장님……."

"맞네. 송 부장이 내 직속이네만……."

"기왕 홍 부장님 말씀을 수용하시게 되면 계약금을 제대로 쳐주시면 좋겠습니다."

"응?"

뜻밖의 말에 배 이사가 고개를 들었다.

"제가 그만두기 전에 그쪽 서류를 지원했는데 담당 대리님 말이 나이 먹은 모델이라 조금 짜게 계약을 배팅했다고 하더군요. 그때는 별생각 없이 지나쳤는데 지금 여러 말씀을 듣고 보니 아인슈타인 생각이 나서요."

아인슈타인!

이번에는 길모의 눈이 휘둥그레졌다. 조크를 날리는 자리가 아닌 상황. 이렇게 진지한 상황에서 아인슈타인 같은 이름이 나온 건 길모로서도 처음 겪는 일이었다.

'혜수…….'

길모가 못 본 진면목을 보일 것인가? 절실하게 그녀를 땡겨온 길모는 신경을 곤두세웠다.

"주제넘겠지만 일화 하나를 들려드려도 될까요?"

혜수는 우아하게 물었다. 혹시라도 건방지게 보일까 봐 조심하는 것이다.

"말씀하시게. 이제 우리 직원도 아닌데 뭐 그렇게 어려울까? 세상사 타산지석이라고 했는데 기왕에 근무하던 직원이었으니 우리 시스템의 단점을 허심탄회하게 들을 기회일 수도 있고."

이 실장은 혜수를 기꺼이 받아들였다.

"1930년대, 아인슈타인의 스카웃을 두고 일어난 일화입니다. 에드왈로 치면 모델계약금이 되겠지요. 당시 아인슈타인은 유럽에서 활동 중이었는데 프린스턴 대학에서 스카웃하려고 하자 연봉으로 3천 불을 요청했습니다. 그는 미국 교수의 평균연봉이 7천 불인 줄 몰랐던 거죠."

혜수는 공손한 말투로 계속 말을 이어갔다.

"그런데 프린스턴 대학에서는 파격적으로 1만 불을 배팅했습니다. 어차피 미국으로 오면 알게 될 일이었으니 7천 불을 아끼느니 제대로 우대해서 마음을 얻자고 판단한 거죠."

"오!"

이 실장과 배 이사가 고개를 끄덕거렸다.

"이후 하버드와 예일 대학에서 파격적인 대우로 아인슈타인을 모셔가려 했지만 그는 처음 자기 가치를 인정해 준 프린스턴에서 평생을 봉직했답니다."

"어이쿠, 이런!"

따악!

배 이사는 장탄식과 함께 손가락을 튕겨 소리를 냈다.

"이거 오늘 실장님 따라오길 정말 잘한 거 같습니다. 아주 제대로 배워가는데요? 내일 당장 송 부장에게 지시해서 중견 스타급으로 계약서 변경하라고 지시하겠습니다."

"뭐 그거야 배 이사 전권이지만 일단은 여기서 배포 좀 키워야 하지 않겠나? 좋은 소스 얻었으면 그쪽 접대비도 좀 팍팍 푸시게나. 그래야 유복동향이 될 거 아닌가?"

"복은 함께 나누자? 하긴 그렇군요. 우리 홍 부장하고 저기 이름이?"

이름을 기억 못한 배 이사가 혜수를 바라보았다.

"혜수입니다."

"그래. 그래야 혜수 씨도 일할 맛이 나겠지."

"술 한 병 더 올릴까요?"

길모가 점잖게 물었다.

"그러시게. 기분도 좋으니 이번에는 좀 럭셔리한 걸로 가져오시게나! 그리고 이건 복채일세."

100만 원 수표를 내놓는 배 이사의 목소리가 시원하게 높아졌다.

길모는 혜수에게 엄지를 세워 보이고 복도로 나왔다.

에이스!

사이즈가 좋다고 진짜 에이스가 아니다. 천하절색이라고 해도 마찬가지다. 에이스라면 적어도 손님을 즐겁게 하는 재주가 있어야 했다.

비싼 술을 마셔도 그 가치가 있다면 사람들은 기꺼이 지름신을 반긴다. 어차피 텐프로에 오는 사람들은 대다수 돈이 넘치는 상황. 에뜨왈로 쳐도 접대비로 해결하는 것이지 이 실장과 배 이사가 자기 쌈짓돈을 터는 것은 아니었다.

'빙고!'

1번 룸은 혜수의 적성에도 맞는 것 같았다. 혜수 또한 눈부실 정도로 적응해 가고 있다. 길모의 과감한 투자는 순풍을 타고 있었다.

"홍 부장!"

새 술이 들어오자 배 이사가 길모를 불렀다.

"말씀하시죠."

길모는 선 채로 부름을 받았다. 이제 2번 룸을 체크할 타임이었다.

"말난 김에 말인데… 우리 딸이 성형을 하게 되어서 말이야……."

성형!

그 단어가 나오자 승아의 눈동자가 커졌다. 그녀도 지금 '공사 중'이 아닌가?

"내가 관상에 대한 식견이 짧아서 그러는데 관상과 성형은 어떤 관계인가?"

"무슨 뜻이신지?"

"아까 광고 모델 말일세, 어디에 만개(滿開)의 상이 있는 건가?"

"그분은 머리를 3등분으로 나눴을 때 상정에서 중정까지는 그저 그랬지만 코에서 시작되는 하정의 운이 좋았습니다. 나아가 법령 끝에서 얼굴 윤곽을 따라 이마로 이어지는 유년운기 부위도 힘이 팽팽했지요."

"그럼 말일세, 만약 그 사람이 그 곳을 성형으로 깎아내면 어떻게 되는 것인가? 운명도 변하는 건가?"

"……?"

"바뀌나? 갑자기 딸의 성형이 생각나서……."

어려운 질문이 나왔다.

원래 타고난 관상.

그 관상에는 운명이 고스란히 담겨 있다.

성형으로 고친 관상.

그건 과연 어떨까?

"반반입니다."

잠시 생각하던 길모는 본능적으로 쌓인 내공의 힘으로 대답했다.

"반반이라면?"

"관상은 타고나지만 변하기도 합니다. 실제 액운을 타고 난 상이라고 해도 그가 살면서 선행을 부단히 베풀면 액운이 사라지지요."

"너무 추상적이군. 나 같은 사람도 알아듣게 말해줄 수 없겠나?"

배 이사는 겸손하게 웃었다.

"둘이 잠깐 바람 좀 쐬고 올래?"

길모가 혜수와 승아를 바라보았다. 둘은 가뜬하게 일어나 밖으로 나갔다.

"여자들이 알면 곤란한 일인가?"

배 이사가 다시 물었다.

"그건 아닙니다만 들으면 좋지 않을 수도 있기에……."

"허어, 배려심도 보통이 아니군."

"간단히 예를 들면 이렇습니다. 룸싸롱이나 요정에서 절색 미녀들을 많이 보셨겠지요?"

"물론이네."

"고급 룸이나 요정의 친구들 상당수는 성형미인이지만 결혼 운은 그리 좋지 않습니다. 왜 그럴까요?"

"……?"

"악상을 고치는 성형은 괜찮습니다. 실제로 옛날에도 눈썹이 너무 가까우면 밀었고 멀면 그렸습니다. 여자들의 경우에는 남자에게 인기를 끄는 점을 찍기도 했었지요. 그 또한 현대의 잣대로 보면 성형입니다."

"그렇군."

"하지만 현대의 성형은 생각할 필요가 있습니다. 분명한 건 악상은 성형을 해서 고치는 것이 바람직하지만 무차별 유사한 성형은 오히려 복을 내칠 우려가 있습니다."

"좋은 것을 살리고 나쁜 것을 채워라?"

"그렇습니다. 그렇기에 성형에도 관상이 적용되면 좋습니다."

"그럼 시간 좀 내주시겠나? 내 복채는 섭섭지 않게 드릴 것이니."

"뭐 제가 추천하는 성형외과에 가신다면 고려해 보지요."

"그야 오히려 내가 부탁할 일이네. 관상을 살리면서 단점도 보완해 주는 곳이 있다면 제발 소개 좀 해주시게."

"알겠습니다."

"꼭일세. 술자리에서 일어난 일이라고 허언이라 생각 말고 꼭 연락하시게. 3일 동안 연락이 안 오면 내가 연락을 하겠네."

배 이사는 거듭 다짐을 놓았다.

"어이쿠, 이거 다음부터는 혼자 오든지 해야지 오는 사람마다 홍 부장 매력에 빠지니 곤란하구만."

이 실장의 입에서 괜한 질타가 쏟아져 나왔다.

이 실장의 술자리는 그렇게 끝이 났다.

매상도 쏠쏠하게 올랐고 헤르프메에 보낼 복채도 나왔다. 더 중요한 건 혜수의 자신감이었다. 작으나마 관상으로 일조한 그녀 또한 보람이 배가(倍加)된 시간이었다.

하지만 복도 끝의 노트북 앞에 앉은 길모는 살짝 의문에 잠겼다.

배 이사가 던지고 간 질문 때문이었다. 성형! 전체적으로는 길모의 말이 맞았다. 악상은 성형으로 도움이 될 수 있다. 그런데, 만약에 상법에 따라 최고의 관상으로 성형을 한다면 어떻게 될까? 모든 복과 운이 줄줄 넘치는 관상으로.

상법에서 가장 이상적인 관상으로 치는 것 중의 하나가 바로 부처님 얼굴이었다. 대부분 길고 두툼하고 둥글다. 소위 대길할 관상.

그런데 사실 관상학적으로 최상의 관상은 성형으로 만들어낼 수가 없다. 아니, 임시로는 가능하다. 그러나 시간이 흐르면 관상은 다시 바뀐다. 얼굴은 온몸과 연결된 것이니 몸의 모든 부위가 관상의 원천. 그러니 이상적인 관상이라도 해도 시간에 따라 변해간다.

더구나 다 만들어도 낯빛, 즉 윤기나 생기는 인공적으로 만들 수 없다. 말하자면, 이상적인 부처형 얼굴이라고 해도 윤기가 죽은 빛이라면 소용이 없는 것이다.

"악!"

한참 골똘해 있을 때 이 부장의 6번 룸에서 비명이 새어 나왔다. 창해와 재벌 3세가 있는 룸이었다. 당장 이 부장이 노크를 하고 들어갔다. 잠시 후에 노희준이 인상을 찡그리며 나왔다. 그가 씩씩거리며 나가는 동안 길모가 6번 룸 문을 열었다.

"아, 씨……."

창해는 허연 다리를 꼰 채 담배를 피우고 있었다.

"전투라도 치렀냐?"

전투. 일대일일 때 자칫 벌어지고 하는 피아노 연주(?)의 다른 말.

"홍 부장님, 관상박사 맞아요?"

창해가 까칠하게 물었다.

"갑자기 관상은 왜?"

"조금 전 그 왕재수 나랑 어울린다면서요?"

"그래……."

"회사 자기가 물려받을 거 같대요. 배 다른 아들이었는데 이제 인정을 받는다나요."

길모는 계속 창해를 바라보았다. 거기까지는 길모가 이미 관상으로 알고 있는 내용이었다.

"그래서 한 턱 쏘라고 했더니 저 지랄이네요. 아, 진짜 쪼잔한 새끼……."

윤창해. 말투가 바뀌었다. 미묘하지만 길모가 좋게 보던 그 이미지가 아니었다.

"뭘 쏘라고 했는데?"

"그게 내가 마음에 있다고 뻐꾸기를 날리잖아요. 그래서 나도 차 한 대 선물해 보라고 했어요. 그럼 믿어주겠다고!"

그녀가 눈을 부릅뜰 때 길모는 오늘 일어난 일의 원인을 알게 되었다.

"너 쌍꺼풀 수술했냐?"

"했어요. 그게 뭐요?"

'아뿔싸!'

창해의 눈을 확인한 길모의 입에서 탄식이 새어 나왔다. 그녀의 눈동자에 잠재되어 있던 도화가 드러나고 있었다. 거기에 더

해진 쌍꺼풀 수술. 그로 인해 사치와 허영심에 불이 붙은 것이
다.

'평생 묻어두고 지나갈 화를 돈 들여 불러냈구나.'

길모는 고개를 저으며 6번 룸을 나왔다.

제 복을 찬 것이다.

뻥, 뻥, 뻥!

제3장

관상 대결

　차아아!

　하루 종일 비가 퍼부었다. 길모는 정오가 지난 다음에 일어나 관상책을 보았다. 혜수 때문이었다. 언제 어떤 질문을 퍼부을지 모르니 대비가 필요했다. 신묘한 능력과 입으로 하는 설명은 달랐다. 본능은 알고 있지만 설명에서는 버벅거릴 때가 있었던 것이다.

　관상학은 중국에서 시작되었다. 그 역사는 자그마치 이천여 년 전으로 거슬러 올라간다. 한 일화를 보면 공자가 성인이 될 것을 예견한 사람이 있었다.

　그는 공자의 어릴 적 관상을 보고 미래를 점쳤다. 그는 공자의 머리가 가운데가 들어가고 주위가 튀어나왔다고 해서 공구

(孔丘)라 칭하기도 했다. 이어 초나라 사람 당거는 사람의 얼굴 색을 보고 그 사람의 운을 짚어냈다.

이후 달마 대사를 거쳐 화산에서 수련하던 마의 선사가 마의 상법을 개창했다. 그 뒤를 이어 유장상법이 나왔다.

마의상법이 사독과 오악을 기준으로 하는 이목구비를 설명한 기초편이라면 유장상법은 사람의 형상을 위주로 귀천, 음란, 고신, 부귀로 나누는 중급 비기를 담고 있다.

근대에 이르러서는 면상비급이 주목을 받는다. 면상비급은 관상학을 집대성한 고급에 속하며 주로 유년운을 중점으로 통찰하는 특징을 가지고 있다. 일본 쪽에서는 남북상법을 쓴 미즈노 나보쿠가 유명하다.

우리나라로 돌아오면 조선 말기의 백운학 선생이 꼽힌다. 그야말로 관상의 대가였으나 전하는 책이 없어 더욱 안타까운 일이다. 백운학 이후의 관상학은 심안이 열린 사람이 없다는 평가를 받고 있다. 결국 관상은 눈으로 보는 게 아니라 마음으로 보는 셈이다.

"푸아아!"

잠시 장호의 고단한 잠결 소리가 끼어들었다. 길모는 담요를 당겨 장호를 덮어주었다. 힘든 일도 불평 없이 따르는 장호. 그래서 때로는 애틋한 마음이 들었다.

'배 이사……'

길모는 이 실장과 함께 다녀간 배 이사의 명함을 꺼내 들었다. 그가 남긴 화두가 다시 생각났다.

성형!

그 장단점 중에서 단점은 창해의 경우에 보았다. 잠자는 허영의 물꼬를 터버린 윤창해. 이제 시작이지만 그녀의 허영과 사치는 극에 달할 것이다.

비록 유흥업에 발을 들였지만 임자를 만나 고단한 생활을 청산할 수 있었던 그녀의 운은 성형으로 날아갔다.

천재는 시기심의 덫에 걸리고, 미녀는 아름다움의 덫에 걸린다.

과연 옳았다. 평범한 사람은 미의 세계를 자신과 멀다고 생각한다. 그저 마음에 품을 뿐이다. 하지만 미녀에 가까운 여자들은 다르다. 아주 조금, 아주 조금만 가미하면 퍼펙트에 이를 것만 같다.

그 간발의 차이에 대한 조바심. 그 작은 여백의 아쉬움을 견디지 못한다. 그래서 아흔아홉 석 가진 놈이 한 석 가진 놈을 노린다라는 말도 있는 것이다.

성형으로 관상을 고칠 수는 있다. 어느 정도 액운을 막는 것도 가능하다. 하지만 성형으로 퍼펙트한 관상을 만드는 것은 가능하지만, 불가능하다.

이 무슨 개 풀 뜯어먹는 말장난이냐고 생각할 수 있다.

답은 이렇다.

대한민국 사람들 전체가 이상적인 관상으로 성형을 한다면 어떻게 될까? 그들 전부가 관상이 주는 운을 누릴 수 있을까? 답은 거기에 들어 있다.

관상은 얼굴 자체만 우뚝 독립한 것이 아니다. 관상은 몸과 마음, 인체와 행동에 연관된 것이다. 즉 바른 몸가짐에 바른 마음, 바른 행동을 하는 사람의 관상은 후천적으로 좋아지거나 액운을 막아가지만 선천적으로 최상의 관상을 타고 났다고 해도 이와 반대라면 관상도 그에 따라 변해가게 마련이다.

일례로 좋은 이마를 짚어보면, 좋은 부모가 좋은 이마를 만든다.

좋은 부모는 무엇인가? 사랑을 듬뿍 나눠주는 부모다. 이런 부모들은 당연히 자식을 잘 먹이고 부단히 스킨십을 하며 잘 보살핀다. 따라서 발육이 잘된다. 잘 먹고 사랑받으니 온몸에 생기가 돈다. 바로 좋은 이마를 갖추는 조건의 하나가 되는 것이다.

그러나 액운을 막는 성형도 필요하다. 누구든 단점을 보완하면 자신감이 생긴다. 자신감은 심상을 키우는 자산이다. 관상 위의 심상이니 설명은 따로 필요 없다.

[언제 일어났어요?]

한참 후에 장호가 눈을 비비며 일어섰다. 그래도 수컷이라도 사타구니도 불쑥 튀어나왔다. 장호도 알고 보면 풍요 속의 빈곤이다. 속 모르는 사람들은 바로 옆에 예쁜 여자들이 득실거리는데 뭐가 아쉽냐고 말하다.

그런데 유흥업계에 종사하는 남녀가 서로 진지하게 사귀는 일은 많지 않다. 서로 미래를 걱정하기 때문이다. 그리고 상당수 사람들은 자기가 몸담은 곳을 폄하하는 습성이 있다. 삼 어쩌고에 다니는 사람들도 자기 직장 나쁘다는 사람들 꽤 된다고 한다. 역시 남의 떡이 커 보이는 세상이다.

"더 자지?"

[쳇, 그러는 형은요?]

"나야 책임감이 있잖냐? 챙길 식구가 몇 명인데……."

[그중에 나도 하나죠?]

"그럼. 너야말로 넘버원이지."

[에, 거짓말! 요즘은 에이스들만 챙기면서…….]

"걔들도 넘버원."

[예?]

"다 넘버원이다. 나한테는 다 소중한 사람들이거든."

[형, 사람 잠 깨자마자 감동시키기?]

"헛소리 말고 씻어라. 의관을 정제하고 마케팅 연구 좀 하자."

[알았어요.]

장호는 수건을 들고 욕실로 들어갔다.

마케팅!

말이 어렵다. 옛날의 길모 식으로 말하자면 삐끼 작업이다. 지금 생각하면 어쩌면 삐끼가 더 편할 수도 있었다.

그건 그냥 취한 인간들에게 츄라이만 날리면 끝이었다. 더구나 지금은 핸드폰이 빵빵하다. 일본 야동에서 몸매 죽이는 배우들 몇 명 골라 담고 우리 가게 아가씨라고 뻥치면 그만이다.

일단 따라온 손님들은 대개 눌러앉는다. 사진 속의 아가씨는 오늘 쉰다고 하면 그만이니까.

길모는 뉴스를 틀었다. 아직 차상빈 뉴스가 레이더에 잡히지 않았다. 물론, 그 인간은 아직 모를 수도 있었다. 언제고 비밀의 욕조를 들어 올려야만 알게 될 테니까.

큰 걱정은 하지 않았다. 약간의 조치를 한 탓도 있지만 차상빈이 길모를 의심할 여지는 별로 없었다. 그 인간의 주변에는 온통 범죄자들이다.

보이스피싱만 해도 한국과 중국에 여러 팀이 있을 터. 결정적으로, 최근에 이미 수차례 뒤통수를 노리던 동업자들을 족쳐 왔던 것이다.

[형, 오늘은 비도 오는데 족발 시켜 먹을까?]

세수를 마치고 나온 장호가 물었다.

"비 오면 파전에 동동주지 무슨 족발?"

[마음이야 그러고 싶지만 형이 안 된다고 할 테고…….]

장호가 입을 삐죽거렸다. 변한 길모 때문이었다.

그때 노크 소리가 들렸다.

"나야!"

불쑥 고개를 들이민 사람은 아래층에 사는 택시 기사였다.

"아저씨!"

"이것 좀 먹으라고."

안문오가 내민 건 해물파전이었다. 물론, 막걸리도 한 통 있었다.

"이게 웬 거예요?"

길모가 물었다.

"저번에 왜 나보고 병원 가라고 했잖아? 나 그때 급성 맹장 수술했어."

"그래요?"

"의사가 제때 잘 왔다고 천운이라고 하더라고. 운전 중에 터졌으면 자칫 죽을 수도 있었다고."

"그러게 몸도 좀 챙기셔야죠."

"그러게 말이야. 먹고 살려고 아등바등 움직였는데 맹장 수술하면서 생각하니 그것도 다 부질없더라고. 아, 그때 잘못되어서 죽었어 봐. 부귀영화가 다 무슨 소용이람."

"지금은 괜찮으세요?"

"응. 요즘 병원 좋더라고. 마침 터진 건 아니라서 수술하고 그 다다음 날 나왔어. 방귀 뀌느라 좀 고생하긴 했지만……."

"그런데 이런 건 뭣 하러?"

"내가 아무리 못 살아도 낯짝이 있지. 그래서 마누라 시켜서 몇 장 붙였어. 생명의 은인인데 이 정도는 해야지."

"잘 먹겠습니다."

"거 앞으로 어디 갈 데 있으면 나한테 전화해. 내가 무조건 공짜로 에스코트해 줄게. 알았지?"

"알겠습니다."

길모는 공손히 대답했다. 가난한 택시 기사, 그럼에도 불구하고 마음씀씀이가 고마웠다.

[으악, 냄새 죽여요!]

기사가 돌아가자 장호가 코를 벌름거렸다.

"그럼 먹어볼까?"

[있잖아요, 형!]

"형?"

[나 그때 형한테 오길 진짜 잘한 거 같아요. 이제 슬슬 복이 막 터지잖아요.]

"언제는 괜히 왔다고 툴툴거리더니?"

[에이, 그때야 속상해서 그런 거죠.]

"실은 나도 너랑 만나길 잘한 거 같다."

[진짜죠?]

"그러니까 얼른 먹기나 해라. 전 다 식겠다."

길모는 무럭무럭 김이 나는 파전을 욕심껏 입안에 밀어 넣었다. 거기에 보태는 딱 한 잔의 막걸리. 지금 이 순간은 이보다 더한 성찬이 있을 수 없었다.

이상하게도 손님이 없었다.

길모가 그런 게 아니었다. 3대 천황들도 일제히 카운터 앞에 나와 출입문을 바라보았다. 오 양이 커피를 타왔지만 다들 입만 대고 말았다.

비가 오면 술 생각이 난다. 따라서 오히려 평일보다 형편이 나아야 했다. 그런데 오늘은 이상하리만치 룸이 조용했다.

그때 출입문이 열렸지만 배달원이었다. 대기실 아가씨들만 신이 났다. 손님이 없으니 삼삼오오 모여 고스톱판을 벌인 것이다. 기세는 유나의 것이었다. 이상하게 고스톱에 능한 유나. 아가씨들의 판돈을 긁고 있었다.

홍연은 옆에서 유나를 구경하고 있었다.

그래도 혜수는 아니었다. 구석에서 관상책을 넘긴다. 그렇다고 대놓고 다른 아가씨들과 다른 척하는 건 아니다. 누군가 큰 점수가 나면 구경도 하고 또 설사를 하거나 판쓸이를 하면 같이 장단을 맞췄다. 홍연이 분위기 참여형이라면 혜수는 분위기 관리형이었다.

"오늘 왜 이래? 누구 초상나는 거 보려고 그러나?"

사방이 조용하자 방 사장이 나왔다.

"우리 심심한데 내기나 할까?"

커피잔을 만지작거리던 서 부장이 운을 띄웠다.

"무슨 내기요?"

이 부장이 바로 반응을 보인다.

"지금부터 제일 먼저 손님 오는 사람에게 10만 원 빵!"

"이 시간까지 예약 없는데 오겠어요?"

강 부장은 좀 심드렁하게 나왔다.

"그러니까 내기지. 10만 원이 약하면 100만 원!"

서 부장이 슬쩍 판을 키웠다.

"좋습니다. 대신 홍 부장 너도 하는 거다."

이 부장이 길모를 걸고 넘어졌다.

"당연하죠. 저는 뭐 박스 아닙니까? 대신……."

길모는 방 사장을 향해 물귀신 작전을 썼다.

"사장님도 100만 원 내세요."

"나, 나도?"

"매상 올리자는 거 아닙니까? 업주로서 모범을 보이셔야죠."

"아, 저놈 저거… 요즘은 관상만이 아니라 말빨까지 살아가지고. 알았어. 누구든 일타로 손님 오면 매상에서 100만 원 빼줄 테니까 진행해."

방 사장은 길모의 제안을 거절하지 못했다.

"대신 아가씨들 동원해서 전화하면 안 되고 사인도 안 된다. 만약 사인 손님이면 두 번째 손님 온 사람이 먹는 거다."

서 부장이 룰을 던졌다. 아가씨 동원하는 꼼수 부리지 말고 외상 손님도 부르지 말라는 것이다.

[형, 우리가 제일 불리하잖아요?]

1번 룸으로 따라 들어온 장호가 이의를 제기했다. 세 부장의 고정 손님 숫자는 길모의 몇 배에 달했다. 그러니 마케팅상 그들이 유리한 건 당연한 일이었다.

"세상을 쪽수로 사냐? 우린 정예멤버잖아?"

라고 말했지만 막상 핸드폰을 잡으니 장호 말이 맞는 거 같았다. 큰돈 쓰지 않더라도 부르면 바로 콜에 응해줄 사람이 생각나지 않았다. 이 실장이나 천 회장 같은 사람을 이런 이유로 콜할 수는 없는 것이다.

'누굴 부를까?'

살짝 고민에 잠길 때 출입문 여는 소리가 들렸다.

[으아, 누가 벌써 콜했나 봐요.]

장호가 몸서리를 쳤다. 내기 시작한 지 10분도 되지 않아 콜이 가능한 부장들. 가히 3대 천황으로 불릴 만했다.

그런데!

밖에서 날아온 오 양의 목소리는 길모를 부르고 있었다.

"홍 부장님!"

잠시 짬을 두고 이어지는 또 한마디.

"손님 오셨어요!"

'손님?

길모와 장호의 눈이 허공에서 충돌했다. 길모는 아직 전화도 걸지 않았다. 오늘은 예약도 없었다. 그런데 이렇게 귀신처럼 때를 맞춰 온 사람은 누구?

"……!"

복도로 나온 길모는 손님과 눈이 마주쳤다. 그는… 백거사로 불리는 백홍우. 그 옆에는 또 한 사람이 있었다. 대머리에 승복 냄새가 나는 개량 한복. 판단이 난해한 조합이었다.

"나 기억하지?"

감정이라도 있는 건지 목소리부터 좋지 않았다.

"예……."

"룸 있지?"

"예……."

"그럼 우릴 모셔야지."

백 거사가 길모를 바라보았다. 동시에 복도로 나온 부장들과 아가씨들도 길모를 쳐다보았다.

"왜? 찔리나? 아니면 우리가 돈이 없을까 봐?"

"아닙니다. 모시겠습니다."

길모는 공손히 1번 룸을 열었다. 그도 한 사람의 손님. 그러니 괜한 선입견 따위는 갖지 않으려 했다. 그 뒤를 이어 또 한 무리의 손님이 들어섰다. 중년의 남자와 그를 따르는 30대 중반의 여자 둘, 소위 도시락이었다.

일단은 길모의 우선권. 하지만 룸 안의 풍경은 그리 평탄하지 못했다.

"이 친구입니다. 제가 말씀드린 사이비 관상가."

소파에 자리를 잡은 백 거사, 첫마디부터 도발적이었다.

사이비?

길모의 미간이 벼락처럼 구겨졌다.

*　　　*　　　*

사이비! 그 단어는 길모 귀를 맴돌았다. 길모로 말하자면, 사이비는 맞았다. 길모는 관상을 배운 적이 없다. 호영의 것을 복사하듯 넘겨받았을 뿐. 하지만 호영은 그렇지 않았다. 그는 목숨을 내주고 관상을 배웠다. 길모에게 깃든 관상은 호영의 선물. 그러니 결코 사이비 소리는 어울리지 않았다.

"전작을 하셨군요."

길모는 공손히 응수했다. 일단 룸 안에 들인 이상 그는 손님이었다.

"왜? 뜨끔하지?"

백 거사는 매사 시비조다. 뭐든 갈구기로 작심하고 온 모양이었다.

"주문 도와드리겠습니다."

"됐으니까 앉아."

백 거사가 냉소를 뿜었다.

"저를 개인적으로 만나러 오셨다면 나가서 말씀하시죠."

"오라? 그래도 텐프로다 이거지?"

"……."

"서 박사님, 바로 이 친구입니다. 본 적 있으십니까?"

백 거사의 눈이 동행자에게 건너갔다.

"글쎄… 전혀……."

동행자는 천천히 고개를 저었다.

"그러니 사이비가 아닙니까? 모상길도 모르고 서 박사님도 모릅니다. 게다가 저 또한 모르니……."

"무슨 말씀이신지?"

지켜보던 길모가 한마디 거들었다.

"너, 똑바로 말해. 이 상무에게 무슨 수작을 벌인 거야?"

'이 상무면 에뜨왈 이 실장님?'

"젊은 놈이니까 요새 말로 핸드폰이나 컴퓨터를 해킹했나? 그래서 그 양반 정보를 다 빼낸 후에?"

"무슨 말씀을 하시는 건지?"

"닥쳐!"

백 거사가 테이블을 내려쳤다. 그러자 장호가 룸 문을 열었다. 경험상 룸 안의 분위기를 체크하려는 것이다.

"아무 일 없으니 부르면 들어와라."

길모는 장호를 안심시켰다.

"그 말씀을 하시려고 오신 겁니까?"

길모가 천천히 고개를 들었다. 손님이 아니라면 철저하게 공손할 필요가 없었다. 하지만!

"술 가져와."

백 거사가 방향을 틀었다.

"……?"

"쓸 만한 꼬냑이 한 병에 얼마라고? 기왕이면 한 천 만원 하는 걸로 세팅하라고."

"손님……."

"돈은 여기 있으니까 걱정 마시게."

서 박사가 손가방을 열어보였다. 안에는 5만 원권 다발이 몇 개 보였다.

"정말 세팅해도 되겠습니까?"

길모가 재확인에 들어갔다. 분위기로 봐서는 술을 마실 분위기가 아니기 때문이었다.

"세팅해. 대신 나랑 담판을 지어야겠어!"

백 거사가 냉소를 뿜었다. 이제야 본론이 나오는 것이다.

"담판이라니요?"

"네놈, 잔재주를 부려서 내 돈줄을 막았어. 그건 알고 있겠지?"

에뜨왈의 일을 말하는 모양이었다. 그야 당연히 자기 실력 탓이었지만 그의 입장에서는 그렇게 생각하는 게 맞았다.

"그건……."

"잡설 치우고 들어라. 내 오늘 작심하고 온 것이니."

'작심…….'

길모는 참았던 날숨을 토했다. 짐작하던 대로였다.

"뭘 원하시는 겁니까?"

길모가 물었다. 대충 감이 오지만 그래도 입으로 듣는 게 확실했다.

"일단 천만 원짜리 꼬냑으로 두 병 맞추거라. 그런 다음에 다시 내기를 하자."

"……?"

"관상 내기 말이다. 관상을 겨뤄서 내가 이기면 술값은 없다. 대신 네가 이기면 술값도 치루고 깨끗이 승복을 하마."

"공평하지 않군요."

듣고 있던 길모가 빙그레 웃었다.

"공평하지 않다고? 네 놈이 이기면 자그마치 2천만 원 매상을 올리는 건데?"

"조족지혈(鳥足之血)입니다."

"뭐라?"

"얻어만 드셔서 잘 모르시는 모양인데 그 정도 매상은 우리 가게에서 허다하게 일어나는 일입니다. 더구나 그 술은 두 분이 마시는 것이니 저는 얻는 게 없지 않습니까?"

"뭐야?"

백 거사가 용수철처럼 튕겨 올랐다. 그래도 길모는 눈썹 하나 움직이지 않았다. 그래도 관상을 본다기에 우호적이던 마음은 다 사라졌다. 지금은 그저 가엾고 가소로울 뿐이었다.

"그럼 참관인으로서 묻겠는데……."

좌정하고 있던 서 박사가 대화를 파고들어 와 말을 이었다.

"자네가 원하는 걸 말하시게."

"좀 특별한 청구입니다만……."

"특별한 청구?"

"어떻습니까?"

길모는 도발을 해온 백 거사를 바라보았다. 네 일이니 네가 대답하라고 윽박지르는 것이다.

"내가 지면 너를 형님으로 모시기라도 하라는 거냐?"

"나이 먹은 동생은 원치 않습니다."

길모는 엷은 미소로 백 거사의 예봉을 밀어냈다.

"내 일찍이 관상에 입문하여 관상의 도를 닦느라 가진 재물은 없다. 재물이 아니라면 뭐든 네 청을 따를 것이니 개의치 말라."

오기가 발딱 일어난 백 거사는 뒤돌아보지 않았다.

"그렇다면 감히 선배님의 제의를 접수하겠습니다."

길모는 정중히 고개를 조아렸다.

"관상 내기요?"

대기실에서 나온 혜수가 물었다. 그녀의 옆에는 승아가 붙어 있었다.

"그래. 재미난 판이 될 것 같으니 공부 잘하도록."

"알았어요."

긴장의 끈을 바짝 당겨올린 혜수, 마른침을 꿀꺽 넘겼다.

"천짜리 두 병?"

장호가 스페셜 꼬냑을 두 병이나 내오자 이 부장은 벌린 입을 다물지 못했다. 그를 찾은 도시락 손님은 로얄살루트 38을 주문했던 것이다.

"뒷방을 타려나 봅니다."

때늦게 찾아온 손님 아닌 손님. 하지만 이 부장 앞이니 길모는 그 정도로 대답을 마무리했다.

"......?"

혜수와 승아가 입장하자 백 거사의 입이 쩌억 벌어졌다. 첫째는 혜수 때문이었다. 그렇잖아도 안면이 있는 그녀는 단박에 백 거사의 눈을 사로잡았다. 둘째는 승아 때문이었다. 그녀 역시 혜수만 한 매력은 없어도 지난번보다는 한결 미색이 올라와 있었다.

"알바?"

백 거사가 혜수에게 첫 인사를 던졌다.

"아닙니다. 내친 김에 이리로 옮겼습니다. 잘 부탁드립니다."

혜수도 인사를 드렸다. 그러자 백 거사,

"참한 아가씨가 몹쓸 친구의 꼬임에 넘어가 신세 조졌군."

"네?"

"잤나?"

"네?"

"가련한 아가씨 같으니. 저런 친구들 수작이야 뻔하지. 관상을 보니 역마살이다, 도화살이다 하며 액땜으로 몸 보시를 하고 같이 일하면 대운이 트인다고 하지 않던가?"

"비슷하게 말하더군요."

"……?"

혜수의 느닷없는 맞장구에 길모가 고개를 들었다.

"하지만 몸 보시는 안 합니다. 누구라도 그걸 원하면 확 잘라 버릴 테니까요."

혜수는 검지와 중지를 가위처럼 펴서 짤깍 자르는 시늉을 냈다. 허투루 질러대던 백 거사가 찔끔하는 모습이 보였다. 혜수다운 응수였다.

왈칵!

이래저리 기분이 꼬인 백 거사는 꼬냑을 원샷으로 넘겼다. 그에 반해 서 박사는 천천히 넘겼다. 그도 고급 술집에 익숙한 사람은 아닌 것 같았지만 그래도 나름 체통을 지키느라 애쓰고 있었다.

"한 잔 마셨으니 시작해 볼까?"

잔을 내려놓은 백 거사가 길모를 쏘아보았다. 길모는 가만히 고개를 숙여 화답해 주었다. 나 또한 준비가 끝났다는 신호였다.

"들어오다 보니 주차장에 여자들이 있던데 손님인가?"

"다른 룸에 계십니다만……."

"한 분 모셔오게."

"손님을요?"

"남자는 양이오, 여자는 음이라 두 양이 대결하니 음이 제격이오, 나아가 지금이 밤이니 또한 음이라 그만한 표본이 있겠는가?"

"하지만……."

"자신이 없나?"

"손님이 응하지 않을 수도 있습니다."

길모가 대답했다.

"그거야 웨이터 능력이지. 서비스 안주라도 하나 넣어주고 청하면 왜 아니올까? 게다가 공짜로 관상을 봐주겠다는데?"

"……."

네 명의 시신이 오롯이 길모에게 쏠려왔다. 혜수와 승아, 백 거사와 서 박사까지.

"혜수가 좀 다녀와 봐."

길모, 조금 내키지 않았지만 백 거사의 제의를 받아들였다. 혜수가 나가자 백 거사가 대결의 조건을 보여주었다.

나이!

직업!

형제!

기미혼 여부!

양친의 생존 여부!

이 다섯 가지를 두고 겨루자는 것이었다.

"더 추가하고 싶은 게 있으면 추가해도 좋아."

백 거사가 말했다. 길모는 고개를 저었다. 공연한 생떼를 쓰기 위해 온 백홍우. 그냥 그의 입맛에 맞추는 게 편했다.

다행히 손님으로 온 여자는 순순히 승낙을 해주었다. 잠깐이면 되는데다 관상도 보고 안주도 준다니 마다하지 않은 것이다.

"눈썹이 좋은 데다 입술까지 좋으니 순풍에 돛단 격이라. 오랜만에 좋은 관상을 구경합니다."

백 거사가 칭찬으로 포문을 열었다.

"맞는 말씀입니다. 저희 가게를 나가기 전에 좋은 일이 생길 듯합니다."

길모, 여자에게서 풍겨나는 향수 냄새를 맡으며 슬쩍 맞불을 놓았다.

향수!

길모의 마음을 끌었다.

혜수는 숨을 죽이고 두 사람을 집중했다. 길모의 실력이야 익히 알고 있지만 백홍우 또한 관상의 대가로 알고 있는 그녀.

그런데 잔뜩 긴장하던 혜수의 눈을 맥없이 풀려 버렸다. 두 사람, 그저 여자를 스윽 훑어보고 끝낸 것이다.

'큰 바람은 소리가 없다더니.'

혜수는 입에 고인 침조차 넘기지 못했다.

"실은 제가 관상으로 평생 밥을 먹은 사람입니다만……."

상을 읽어낸 백 거사가 여자에게 자초지종을 설명하기 시작했다.

"어머, 그거 재미있겠네요."

백 거사의 말이 끝나자 여자는 반색을 했다.

"혹시라도 공정성 시비가 일 수 있으니 따로 적어 내기로 하세."

백 거사가 길모를 바라보았다.

"그러지요."

길모는 담담하게 받았다.

다시 네 사람이 숨을 죽였다. 이번에는 여자가 셋, 그리고 서 박사였다.

"그럼 공개해 볼까?"

백 거사의 입에는 미소가 샐룩거렸다. 길모를 얕보는 그는 이미 승리를 확신하고 있는 모양이었다.

나이 35세, 직업은 연예인, 결혼은 미혼, 형제는 외동딸, 양친은 어머니 사망.

백 거사의 답이었다.

"제 것은 여기 있습니다."

이번에는 길모가 답을 내놓았다. 그걸 본 네 명의 눈이 휘둥그레졌다. 다섯 가지 답은 단 하나도 일치하지 않았다.

길모의 답은 이랬다.

나이 36세, 직업은 공란, 결혼은 기혼, 형제는 남녀 남매, 양친은 모두 생존.

"푸하하핫!"

길모의 답을 본 백 거사가 파안대소를 했다. 하지만 길모의 입가에는 여유로운 미소가 가득했다. 혜수와 승아는 신경을 곤두세웠다.

길모의 상대는 나름 관상의 대가. 그런데 완전히 다른 결과가 나왔다. 게다가 길모는 직업란을 비워둔 판이었다.

"직업은 포기인가?"

서 박사가 물었다.

"그건 숙녀분의 프라이드를 고려해 적지 않았습니다. 대신 여기 적어두었으니 나중에 확인하면 될 것 같습니다."

길모는 명함 한 장을 엎었다. 그 뒤에 답을 적어둔 것이었다.

"볼 필요도 없어. 내 짐작대로 완전히 허당이 아닌가?"

백 거사가 기세를 올렸다.

"그럼 일단 확인을 해보겠네."

서 박사의 시선이 여자에게로 옮겨갔다.

"죄송하지만 나이가 몇 살이신지요?"

"올해 서른다섯이에요."

"증명할 만한 게 있습니까?"

"민증 보여드려요?"

"그래주시면 고맙겠습니다. 이 양반들 딴에는 아주 중요한 일이라……."

서 박사가 정중히 청하자 여자가 민증을 꺼내 들었다.

35세!

또렷하게 찍힌 생년월일이 보였다. 그러자 혜수와 승아의 얼굴에 생기가 싹 가셨다. 민쯩으로 확인한 나이. 이건 누가 뭐래도 길모의 패배였다.

"하시는 일은 뭐죠?"

다시 서 박사가 물었다.

"방송국에서 일해요. 단역이긴 하지만 연예인이에요."

연예인!

길모의 답이 두 번째 빗나갔다.

"결혼은요?"

"아직… 미혼입니다."

세 번째 헛발질.

"마지막으로 양친께서는?"

"어머니가 돌아가시고 아버지만 계세요."

5 대 빵!

길모가 맞춘 건 단 하나도 없었다. 그런데도 길모는 씨익 웃고 있었다. 그걸 바라보는 혜수와 승아의 속은 바짝바짝 타들어 갔다.

설령 명함에 쓴 직업 패가 맞았다고 해도 뒤집을 수 없는 패배.

그런데 왜 태평하게 웃고 있단 말인가? 1번 룸에는 긴장이 강

력하게 느껴졌다.

길모도 백 거사도 서 박사도 입을 열지 않았다.

그나마 움직이는 건 백 거사의 눈과 입이었다. 승자의 여유를 부리는 것이다.

둘의 답은 대체 왜 엇갈린 걸까? 길모가 과연 잘못 짚은 걸까?

"백 거사 말이 옳았군."

한참 후에 서 박사가 입을 열었다. 그때까지도 혜수의 눈은 길모에게서 떨어지지 않고 있었다.

"나 또한 동양철학과 관상을 함께 공부한 사람으로서 말하는데 젊은이가 설령 요령이 있다고 해도 관상을 빌미로 거짓을 논하는 것은 금기일세. 그게 자네에게는 재미나 흥미에 그칠지 몰라도 자칫하면 사람의 운명을 망치게 될 터이니."

서 박사 역시 관상가였다. 사실 길모는 이미 알고 있었다. 그의 관상에서 읽었던 것이다.

"내 백 거사를 따라와 심판관으로 참관한 건 자네의 재주를 확인하기 위해서였네. 자네 모상길을 만났다고?"

서 박사가 모상길을 입에 올렸다. 모상길도 아는 모양이었다.

"한 번 뵈었습니다만……."

"그자에게 꽁술이라도 주었나? 자네를 하도 예찬하는 통에 백 거사를 만나보니 둘의 말이 사뭇 다름이라. 그래서 확인차 왔네만 과연 모상길은 상학(相學)의 눈이 멀었음을 알았구나. 값비싼 술을 놓고 대결한 것은 딱히 모양새가 좋지 않지만 자네가 자처한 것이니 달게 받아들이고 다시는 관상을 내세워 사람을 농락하는 일이 없기를 바라네."

서 박사는 일장 훈시를 늘어놓았다. 길모의 입이 열린 건 그 때였다.

"방금 말씀하신 자네는 누구를 지칭하는 것입니까?"

"뭐라?"

서 박사가 눈자위를 구겼다.

"제가 생각하기에는 방향이 틀린 것 같습니다만……."

길모는 잔잔한 미소를 머금은 시선을 백 거사를 향해 돌렸다.

"이 뻔한 결과를 놓고도 인정하지 않겠다는 것인가?"

서 박사가 으름장을 놓았다.

"그렇다면 제가 검증을 해드릴 것이니 잠시만 판정을 미루어 주시기 바랍니다."

"검증?"

"우선 손님과 우리 아가씨들 잠깐 바람 좀 쐬고 오시겠습니 까?"

"무슨 꿍꿍이를 부리려고?"

단박 백 거사가 딴죽을 걸고 나왔다.

"그런 건 없습니다. 통하지도 않을 테고요."

길모는 서 박사 대신 여자를 바라보았다. 여자는 큼 하며 시 선을 돌렸다.

"하긴 서 박사님 앞이니……."

백 거사는 야릇한 미소를 남기고 나갔다. 이어 혜수와 승아도 자리를 떴다.

"뭔지 모르지만 이제 시작하시게나."

서 박사가 재촉했다.

"알겠습니다."

길모는 천천히, 그러나 온화하고 부드럽게 여자를 바라보았다.

"혹시 나이를 잘못 알고 계시지는 않는지요? 제가 얼굴의 유년운기 부위를 읽어보니 손님은 왼쪽 눈의 시작점에 생기가 가득 피고 있습니다. 그건 곧 36세를 의미하는 것인데 만약 35세라면 반대로 오른쪽의 부위에서 생기가 피어야 합니다."

"나이요?"

"찬찬히 짚어보시지요. 호적이 정확합니까?"

"흥! 민증이 있는데 웬 호적 타령이래요?"

여자는 귀찮은 표정을 지었다.

"눈썹은 문신인가요?"

"그런데요?"

여자의 목소리가 쌀쌀해지기 시작했다.

"원래 눈썹은 아래로 좀 처진 편이었죠?"

"뭐 조금요!"

두 가지 질문을 던진 후에 길모는 슬쩍 서 박사를 돌아보았다. 조금 전과는 달리 그는 긴장하고 있었다. 그것도 아주 맹렬하게.

"산근을 보니 희미하게 백기(白氣)의 흔적이 남았고 일각이 기울었습니다. 어머니가 돌아가신 게 맞군요. 하지만 그쪽 분은 양친이 계십니다."

"뭐라고요?"

앞뒤가 맞지 않는 길모의 말에 여자가 눈살을 찡그렸다. 길모는 대꾸하지 않고 계속 말을 이어나갔다.

"나아가 무남독녀이나 무남독녀가 아닙니다."

"허얼, 뭔 소리래?"

"마지막으로 직업."

길모는 골인점을 향해 치닫는 경주마처럼 치달았다.

"이제 저 명함을 펴보시죠."

길모의 눈이 엎어놓은 명함으로 향했다. 서 박사, 어쩐지 경련이 이는 것 같은 손으로 명함을 집어 들었다.

"……!"

그의 눈이 뒤집히는 게 보였다. 명함에 쓰인 글은 단 두 자, '창녀'였다.

"봤으면 버려주세요."

"……?"

서 박사는 바로 버리지 못했다. 그로서는 상상도 못한 것이기 때문이었다. 어느샌가 아뜩해진 서 박사의 시선. 길모는 보란 듯이 관상왕의 위엄을 뿜으며 말을 이어갔다.

"저분은 35세가 맞습니다. 그러나 그건 주민등록상의 나이입니다. 분명 어떤 이유로든 한 살이 줄었습니다. 나아가 눈썹은 신월미의 초승달 모양이라 선한 심성을 가졌습니다. 그러나 눈꼬리가 아래로 너무 처져서 조혼을 한 후에 파경에 이른 것이죠. 이후 눈썹 문신을 했으니 당시 혼인신고를 하지 않았다면 그녀는 법적으로 미혼이 맞습니다. 어머니가 사망했으되 관상으로 보아 새 어머니가 들어올 상입니다. 그 기운 또한 근래에 가득하니 이미 남동생이 딸린 새 어머니와 상견례를 했을 터. 마지막으로!"

길모는 후들거리는 서 박사를 향해 카운터를 날렸다.

"직업은 연예인이 맞으나 저 여자는 백 거사의 정부입니다. 멀쩡한 젊은 여자가 헛된 명예욕에 눈이 먼 자와 허구헌날 살을 섞으며 이런 모의까지 가담하니 어찌 명함의 직업이 아니라고 하겠습니까?"

"……!"

"틀렸습니까? 이는 당신도 이미 인지하고 있었을 터!"

서 박사를 돌아보는 길모의 눈에서 불꽃이 튀었다. 기세에 질린 여자는 그 자리에 주저앉았다. 길모의 말이 한 치의 틀림도 없었기 때문이었다. 나아가 서 박사는 눈을 뒤집고 있었다. 그역시 백 거사와 한편인 인간. 이렇게 짜고 길모를 눌러 공짜로 술도 마시고 이 실장의 신용도 회복하려 했지만 길모는 그들이 넘볼 허튼 관상가가 아니었다.

"장호야!"

관상왕 홍길모. 왕의 위엄으로 장호를 호출했다.

[예, 형.]

"여기 손님을 모셔 오거라."

길모의 지시를 받은 장호가 백 거사를 데려왔다. 그 뒤를 따

라 혜수와 승아도 들어섰다. 그들은 놀랐다. 분위기가 나갈 때
와 달랐던 것이다.

"왜 그래? 어떻게 된 거야?"

아직 상황 파악이 안 된 백 거사가 여자를 부축하며 물었다.

"서 박사님, 왜 그러시냐고요?"

이어 서 박사에게도 질문을 날리는 백 거사.

"이 새끼… 너 감히 무슨 짓을 한 거야?"

서 박사까지 버벅거리자 백 거사가 길모의 멱살을 잡아 쥐었
다. 길모는 한 치의 흐트러짐도 없이 묵직한 목소리를 토했다.

"내가 이길 경우에 특별한 청구가 있을 거라고 말한 거 기억
하시죠?"

"뭐라?"

"장호야, 내 손톱깎이 칼 좀 가져와라."

길모의 목소리에는 힘이 가득했다. 그제야 불길한 생각에 이
마가 썰렁해지는 백 거사. 하지만 때는 이미 늦은 후였다. 룸에
들어선 장호의 손에는 살벌한 나이프가 들려 있었다. 과거 길모
가 양아치들을 상대할 때 겁주기용으로 쓰던 것이다.

길모는 간단하게 자세를 바꾸어 백 거사를 벽으로 밀었다. 그
런 다음 장호가 던진 나이프를 능숙하게 받아들었다.

"내 청구는 당신 눈알이야. 감히 관상가를 자처하면서 이 따
위 꼼수나 부리고 다니니 다시는 관상가를 사칭하지 못하게 해
주마!"

길모는 촌각의 망설임도 없이 나이프를 내리꽂았다.

"으, 으아악!"

백 거사의 입에서 찢어질 듯한 비명이 터져 나왔다.

"······!"

"······!"

장호도, 혜수도, 승아도, 여자도, 서 박사도, 마지막으로 백 거사도 넋이 나갔다.

나이프가 번개처럼 허공을 갈라 버렸기 때문이었다.

퍽!

짧은 파장을 가진 소리는 넋이 나간 다섯 명의 귓속으로 처절하게 빨려들었다.

"우!"

백 거사의 입에서 짐승의 소리가 새어 나왔다. 눈자위가 발딱 뒤집힌 그는 온몸의 맥이 풀리며 스르르 늘어졌다.

나이프는 벽에 꽂혀 있었다. 백 거사의 눈자위를 스쳐 귀 위의 벽에 꽂힌 것이다. 길모, 난생 두 번째로 써먹는 스킬. 그때 그 날건달은 오줌을 지렸었다.

'후우!'

뼈마디에 맺힌 날숨을 쉬며 겨우 긴장을 푸는 길모. 이건 관상을 볼 때 못지않게 고도의 긴장과 스킬이 필요한 일이었다.

"장호야, 손님 가신다. 계산서 가져다 드려라!"

길모는 왕의 한마디를 뿜었다. 얼음 같던 1번 룸의 정적을 깨는 한마디였다.

"이, 이보시게······."

서 박사의 목소리는 미친 듯이 떨렸다. 그 역시 제정신이 아니긴 백 거사와 다를 바 없었다.

"다시 내 눈에 띄면 그땐 진짜 눈알을 뽑아버릴지도 모릅니다."

길모는 위엄 있게, 그러나 정중한 목소리로 쐐기를 박았다.

"으으……."

거품을 뿜으며 부들거리는 백 거사. 가랑이 사이로 물기가 흘러내렸다. 서 박사는 허둥지둥 백 거사를 부축해 일어섰다.

"잠깐!"

길모가 서 박사를 세웠다.

"왜?"

서 박사가 불안하게 돌아보았다. 그러자 길모가 가방 안의 돈뭉치를 테이블 위에 뿌려놓았다.

"어머, 가짜예요!"

혜수가 놀라 소리쳤다. 돈뭉치는 가짜였다. 앞 뒤 몇 장만 진짜고 나머지는 같은 크기의 종이를 잘라 다발로 만든 것.

"정성깨나 들어간 돈이로군요. 이건 다시 가져가시고 대신 차를 맡아둘 테니 계산을 마치고 찾아가시기 바랍니다."

"……?"

"장호야, 모범 한 대 불러드려라."

길모가 잘라 말했다.

장호가 문을 열자 복도에는 많은 사람이 웅성거리고 있었다. 1번 룸 안의 일이 궁금한 모양이었다.

"비켜주세요. 손님 나옵니다."

장호는 길모의 박스답게 당당하게 길을 텄다. 그런 다음 밖으로 나가 택시 문을 열고 손님들을 기다렸다. 서비스다. 돈을 치른 손님이라면 주차장을 떠날 때까지 배웅하는 게 도리였다.

택시는 바로 출발을 했다. 이 부장 룸에 들었던 손님들도 허둥지둥 판을 접고 그 뒤를 따라갔다. 대결의 중심에 있던 여자도 함께!

"어떻게 된 거야?"

가게에 들어서기 무섭게 방 사장이 물었다. 그 옆에는 3대 천황이 포진하고 있었다.

"별거 아닙니다. 손님이 액션 관상을 좋아하시기에 같이 놀아준 것뿐."

길모는 여유롭게 대답했다.

"아, 난 또 누구 하나 잡는 줄 알고 십 년 감수했네. 다음부터는 액션 관상이고 뭐고 좀 부드럽게 봐라. 응?"

"그러죠."

"그건 그렇고 내기는 내가 위너지?"

이 부장이 깐죽거리며 나섰다. 길모의 손님은 그냥 갔고 그의 손님은 계산을 하고 갔다. 이 와중에도 그걸 짚는 것이다.

"천만에요. 현물을 두고 갔으니 계산한 것과 마찬가지입니다."

길모는 이 부장의 말을 받아들이지 않았다.

"야, 돈 안 내면 외상이지 웬 생떼야?"

"차도 돈입니다. 전에 형님도 사인하려는 손님에게 금목걸이로 대신 받은 적이 있잖습니까?"

"그게 같냐? 금은 곧 돈이야."

"차도 돈입니다. 내일이라도 당장 팔 수 있으니까요."

"야, 홍 부장!"

이 부장이 눈을 부라렸다.

"사장님이 판정해 주시죠."

길모는 심판권을 방 사장에게 넘겼다.

"길모 승!"

"사장님!"

방 사장이 길모 손을 들자 이 부장이 펄쩍 뛰었다. 하지만 이미 승부는 물 건너간 후였다.

"아, 진짜… 오늘 일진 더럽네."

화가 난 이 부장은 박스를 이끌고 퇴근을 했다. 강 부장과 서 부장도 퇴근 준비를 했다. 더는 손님이 오지 않을 것 같은 날. 이런 날은 일찍 들어가는 게 상수였다.

"홍 부장님!"

100만 원 빵 내기가 정리되자 혜수가 길모를 잡아끌었다.

"왜? 퇴근이나 하지……."

"일단 앉아보세요."

혜수는 길모를 1번 룸의 소파에 앉혔다. 안에는 장호와 홍연, 승아, 유나 등 길모 사단이 죄다 자리 잡고 있었다.

"뭐야? 지금 무슨 청문회 여냐?"

길모가 물었다.

"청문회 맞아요. 그러니까 양심에 따라 성실하게 증언해 주세요."

혜수는 진짜 청문회 진행이라도 하는 듯이 말했다.

"무슨 증언?"

"아까 관상 대결요. 대체 어떻게 된 거예요?"

혜수가 바짝 다가앉았다. 길모가 보니 귀를 쫑긋 세운 건 다른 사람도 마찬가지였다.

"아, 얘들이 이제 천기누설까지 하라고 압박이네."

"빨리요!"

혜수가 다그치고 들어왔다. 길모는 하는 수 없이 천기를 누설(?)하기 시작했다.

"그게 말이지……."

간문의 파장과 향수 냄새. 길모가 저들의 모략을 간파한 단서였다.

"간문과 향수요?"

혜수가 메모를 하며 물었다.

"그래. 향수는 관상과 상관없긴 하지만……."

길모가 다시 말을 이어갔다.

처음 백 거사와 서 박사가 들어왔을 때, 길모는 둘이 불손한 모의를 하고 있는 걸 알았다. 태연한 척하지만 그들의 안구가 미묘하게 불안정했기 때문이었다.

결정적인 건 여자였다. 둘은 각기 다른 팀으로 들어왔다. 하지만 여자의 관상을 읽던 길모는 그녀의 간문에 맺힌, 막 퇴색해 가는 윤기에서 단서를 찾았다. 같은 파장의 윤기가 백 거사의 간문에도 맺혀 있었던 것이다.

말없이 집중하여 시간을 꿰뚫으니 같은 파장이었다. 그러나 만약 둘이 모르는 사이라면? 각기 다른 곳에서 다른 상대와 연애를 하다 왔을 수도 있을 일.

그 간격을 확 좁혀준 게 여자의 향수였다. 여자 몸의 향수 냄새가 백 거사의 몸에서도 났다. 여자보다는 좀 옅었다. 그건 무엇을 말하는 걸까? 바로 둘이 한 몸으로 뒹굴었다는 뜻이었다.

생각이 거기에 미치자 여자와 백 거사가 같은 편이라는 건 의심할 여지가 없었다. 그래서 백 거사를 내보냈던 것이다. 그가 있다면 어떻게든 길모를 방해했을 것이다. 또한 여자도 백 거사와 함께 있으면 길모의 공세를 버텨냈을 수도 있었다. 믿는 구석이 있을 때, 사람의 의지는 다르게 나타나는 것이다.

"세상에, 아무리 그래도 그렇지 틀린 호적 나이도 맞추고 혼인신고 안 하고 사실혼으로 살았던 것까지 맞춰요?"

홍연은 혀를 내둘렀다. 볼 때마다 들을 때마다 상상을 뛰어넘는 길모의 관상 실력이었다.

"사실혼 관계나 나이는 백 거사도 몰랐을지 몰라. 하지만 제대로 관상을 보는 사람이라면 겉을 보는 게 아니라 속을 봐야지."

"그럼 직업은 뭐였어요? 부장님이 쓴 거 말이에요."

이번에는 혜수가 물었다.

"그건 비밀!"

"에?"

"그 여자도 프라이드가 있잖아? 그러니까 그냥 넘어가 줘."

길모는 명함에 쓴 여자의 직업을 끝내 밝히지 않았다. 하나쯤 궁금증으로 남겨두는 것. 그 또한 나쁜 일은 아니었다.

"와아, 진짜 감탄이에요. 저는 처음에 부장님이 완전히 다른 답을 내놓길래 무지 속상했거든요. 동시에 좀 실망스럽기도 하고요."

"스승 잘못 만났다?"

"뭐 솔직히 그렇잖아요? 아까 그 아저씨 말본새는 마음에 안 들었지만 세상은 넓으니까 진짜 그 아저씨가 부장님보다 더 도사인가 싶어서……."

"지금은?"

"부장님이 이거예요!"

혜수, 환한 미소와 함께 엄지를 내밀었다.

"나도 관상이나 배울까? 괜히 막 땡기네."

듣고 있던 홍연이 고개를 갸웃거렸다.

"얘, 너는 잘하는 거 있는데 또 뭘?"

혜수가 웃으며 말했다.

"내가 뭘? 언니만 배우려고?"

"너는 몸매가 작살이잖니? 움직이기만 해도 손님들이 자지러지던데 관상까지?"

"쳇, 몸매가 평생 가? 그렇잖아도 부장님 소문 듣고 우리는 관상 볼 줄 모르냐고 묻는 손님도 있던데?"

홍연이 입술을 삐죽거렸다.

"그럼 너희는 이거나 외워라."

길모가 메모 몇 장을 내밀었다. 손금 보는 법이었다.

"손금요?"

홍연과 유나가 길모를 바라보았다.

"그런 손님들 없어? 손금 봐준다고 뻔한 작업 들어오는?"

"왜 없어요? 그런 거 없으면 술집 아니지."

산전수전 다 겪은 유나가 웃었다.

"손금은 간단하게 가로 삼대선과 세로 삼대선을 숙지하면
돼. 감정선, 재물선, 사업선, 두뇌선, 생명선, 운명선. 거기서 사
람들이 주로 관심을 갖는 결혼선, 재물선 정도만 볼 줄 알면 손
님들 분위기 맞추기도 좋을 거다. 내가 워낙 관상박사로 알려져
서 말이야."

"어머, 그럼 난 결혼선부터 배울래요. 이런 거 내 친구들도 좋
아해요."

[나도!]

유나와 함께 승아도 쌍수를 들고 나섰다.

[형, 이제 손금 박사까지 겸해요?]

안쪽에 앉았던 장호가 수화를 날려왔다.

"책보다가 곁다리로 배웠다. 결혼선 보는 법만 알려줄 테니
나머지는 각자 정리해 준 거 보고 공부하도록."

결혼선.

손금 중에서 가장 빈번하게 보는 게 바로 결혼선. 특히 미혼 남녀들에게 인기다. 이 선은 새끼손가락 아래 감정선 사이의 가로선이다. 보통 가늘거나 굵은 선이 두세 가닥이 있는 게 정상. 이 선이 가늘거나 짧으면 연애가 짧고 굵거나 길면 결혼운으로 본다.

시기는 아래쪽 선은 조혼, 중간은 적령기 결혼, 위쪽은 만혼으로 본다. 이 선이 하향하면 독신으로 살거나 실연, 이혼, 사별한다고 본다. 반대로 상향하면 이성에 대해 매력적이고 인기를 끈다. 다만 정도가 심하면 불륜으로 발전할 수도 있다.

결혼선이 없으면 이성에 대해 관심이 없는 경우가 많고 새끼손가락에 너무 가까우면 노년기의 결혼수가 있다.

"어머, 어머! 나는 조금 위쪽이네. 그럼 만혼인가?"

[나는 아래쪽이야. 신기하게 맞아.]

유나와 승아가 깔깔거리는 와중에도 혜수는 뭔가를 적느라 바빴다. 길모는 그런 혜수를 보고 빙그레 웃어넘겼다.

총명불여둔필(聰明不如鈍筆)!

아무리 기억력이 좋아도 메모하는 것만 못하다는 말이 있다. 다만 너무 지나쳐서 수첩공주가 되지는 않기만을 바랐다.

그날 귀가하던 혜수는 또 한 번 길모의 신묘막측 능력에 혀를 내둘렀다. 길모가 예견한 새벽 4시… 모범택시를 타고 귀가할 때였다.

'오늘은 정신 바짝차리고 가. 기사도 잘 챙기고…….'

그 말을 곱씹던 판에 기사가 꾸뻑 조는 게 보였다. 놀란 혜수가 핸들을 잡자 앞쪽의 차가 아슬아슬하게 비껴갔다.

'후아!'

혜수는 땀으로 범벅이 된 얼굴을 쓸어내렸다.

*　　*　　*

기운 눈썹 라인 맞추기.

윗 눈꺼풀에 앉은 주름살 제거.

돌출 이마 깎아내기.

처진 입술 살짝 올려주기.

길모가 배 이사의 딸에게 내린 처방은 네 가지였다. 길모는 이유를 자세히 설명하지 않았다. 다만 그렇게 하면 운이 탁 트일 거라는 말만 덧붙였다.

그런 다음 김석중의 성형외과 '체인징'에 들렀다. 길모는 관상학적인 소견을 전해주고 나왔다. 나머지는 김석중이 할 일이었다.

"이보시게."

대기실에 앉아 있던 배 이사. 길모가 진료실에서 나오기 무섭게 손을 잡아끌었다.

"왜 그러시는지요?"

"아까 그 말 말일세."

"무슨?"

"홍 부장이 짚어준 필수 사안… 이유라도 좀 알려주게나."

"별거 아닙니다. 그렇게 하면 운이 나아집니다."

"내, 딸에게는 비밀로 하겠네. 홍 부장 실력을 모르면 모를까 아는 마당에 궁금해서 참을 수가 있나?"

"정말 별게 아닌데……."

"부탁하네."

길모, 별수 없이 설명을 하게 되었다.

"눈썹은 곧 대문입니다. 따님 눈썹이 기울었으니 문이 기운 것과 같지요. 운이란 놈도 기운 대문으로 들어가는 건 좋아하지 않습니다."

"오라!"

"눈꺼풀의 주름살은 심각하지 않지만 그냥 두면 좀 더 깊은 주름이 될 수 있는데… 그렇게 되면 바람기가 있을 수 있습니다."

"옳거니. 그러면 안 되지."

"이마는 하필 중앙이 볼록 튀었으니 성격이 약간 도도한 면이 있을 겁니다. 성형하는 김에 살짝 깎아 주면 원만하리라 봅니다."

"어이쿠, 그래서 저 녀석 성깔이 오만했었나?"

"마지막으로 처진 입술은 미래에 남편을 망칠 상이니 미리 방비를 하도록 한 겁니다."

"저런, 저런!"

배 이사는 손뼉을 치며 감탄했다.

"나머지 미용성형은 박 선생님이 워낙 전문가시니 알아서 잘하시리라 봅니다."

"고맙네. 정말 고맙네."

배 이사는 지갑에서 수표 한 장을 꺼내 내밀었다.

"이거 복채라고 생각하지 말고 딸을 위하는 마음이라고 생각하고 받아주시게."

"그러지 않으셔도 됩니다만……."

"아닐세. 이런 신통방통한 관상을 내가 어디 가서 본단 말인가? 그러니……."

"그럼 감사히 받겠습니다."

길모는 배 이사가 내민 100만 원 수표 두 장을 챙겨 넣었다.

"홍 부장님!"

진료를 끝낸 김석중이 대기실로 나왔다.

"끝났나요?"

"네, 지금 우리 코디하고 최종 스케줄 짜고 있을 겁니다."

"제가 괜한 짓한 거 아니죠?"

"아이고, 별말씀을… 저야 환자 많아지고 좋죠. 게다가 생각지도 않았던 관상도 배우게 되고요."

"그렇게 생각해 주시니 고맙습니다."

"아닙니다. 사실 성형외과들… 환자 모아오면 사례금을 드리기도 하거든요. 그러니까 제가 부장님에게 사례를 해야 할 형편입니다."

"사례금이오?"

"요즘 요우커들이 온갖 곳에서 큰손 아닙니까? 일부 성형외과들은 요우커들이 주 고객이다 보니 그들을 모아오는 브로커들에게…….”

“하핫, 성형외과에도 삐끼가 있는 셈이군요.”

“뭐 말하자면 그렇군요.”

김석중이 웃었다.

삐끼!

그들은 취객을 모셔온다. 업소 종업원들이 직접 뛰기도 하지만 대개는 전문삐끼들이다. 두당 얼마씩 받기도 하고 매상당 얼마씩 받기도 한다. 그게 성형외과에도 있다니? 그러고 보니 먹고사는 일은 큰 차이가 없는 거 같았다.

‘형님들, 싸고 죽이는 술집 있습니다. 아가씨도 끝내줘요.’

이게…….

‘솜씨 기똥찬 성형외과예요. 연예인들 주로 수술하는 의사예요.’

로 둔갑할 뿐.

“하핫, 그건 사양합니다.”

길모는 고개를 저었다. 그러자고 한 짓도 아니었다.

“그럼 이건 어때요? 제가 골똘히 고민해 본 게 있는데…….”

“뭔데요?”

“홍 부장님, 저랑 합작 한 번 안 해볼래요?”

“합작이요?”

합작?

두 단어가 다시 길모의 뇌리에 맴맴 맴돌았다. 웨이터와 성형외과 의사의 합작? 아무리 생각해도 꺼리가 없었다.

"관상과 성형의 매칭. 어떠세요?"

그런데 김석중의 표정은 매우 진지했다.

"무슨 말씀이신지?"

"말 그대로 저랑 합작하자 이겁니다. 저도 사실 판박이 붕어빵 성형술에 질렸거든요. 잘못하면 대한민국 여자들 얼굴이 다 비슷해질 판이잖아요."

"하지만 의사도 아닌 제가 무슨 능력으로……."

"에이, 그렇게 겸손하게 나오면 곤란하죠. 부장님 관상 능력 대단한 거 아는데… 뭐 의사만 의사입니까? 관상도 성형에 적용할 만한 가치가 있습니다."

"과찬입니다."

길모는 겸손하게 받았다.

"어때요? 모든 환자에게 다 적용할 수는 없지만 공감하는 환자들만 시범으로 적용해 보는 겁니다. 그래서 잘되면 부장님하고 저하고 대박날 수 있습니다."

관상과 성형의 결합.

듣고 보니 시너지를 기대할 수 있는 일이었다. 대저 막연히 예뻐진다고 좋은 게 아니다. 사람의 얼굴에는 복 포인트가 있는 법인데 그걸 홀랑 밀어내거나 깎아내는 건 제 복을 차는 것.

"솔깃한데요?"

길모가 귀를 세우며 말했다.

"허락하시는 거죠?"

"제가 뭐 허락하고 말게 있습니까? 많은 시간이 드는 일만 아니라면 괜찮을 거 같습니다."

"시간 들 거 없습니다. 바쁘시면 제가 환자 다각도로 얼굴 찍으면 그거 보내드릴게요. 사진 보시고 원격으로 조언해 주시면 돼요. 시간도 부장님 스케줄에 맞춰드릴게요."

"뭐 그렇다면 일단 한 번 시도해 보죠."

"그리고 우리 간호사 관상면접 하셨잖아요?"

"네… 무슨 문제가 있나요?"

"있죠!"

김석중이 잘라 말했다.

"네?"

"에이, 놀라시긴… 부장님이 캔슬 놓은 그 간호사가 문제가 있었다 이거에요. 저쪽 길 건너 성형외과로 갔다는데 거기 직원들 하고 사이가 나빠서 아주 골치라고 하더라고요."

"아, 네……."

길모는 놀란 가슴을 쓸어내렸다. 틀린 게 아니라 너무 적중이라 문제, 그런 문제라면 아무리 많아도 나쁠 게 없었다.

휘이이 휘이!

병원을 나온 길모는 오토바이에서 휘파람을 불었다. 싱그러운 바람과 휘파람 소리가 어우러졌다.

기분이 좋았다. 왜냐하면 은행을 마주보고 있었기 때문이었다. 뭐 은행에서 돈이 떨어질까 봐 즐거운 건 아니었다. 사실대로 말하자면 길모의 주머니에서 돈이 나가고 있었다. 그런데도 기분이 좋았다. 이름하여 기부의 즐거움. 방금 배 이사에게 받은 돈을 헤르프메로 보내고 있는 것이다.

[형, 보냈어요.]

심부름을 간 장호가 은행에서 나왔다.

"어디 보자."

길모는 송금표를 받아 들었다. 하얀 종이가 금덩이처럼 반짝거리는 것 같았다. 이 돈은 또 누구의 빈 곳을 채워줄까? 누구의 절망을 덜어줄까? 그걸 생각하면 기분이 좋아지지 않을 수 없었다.

제4장
혈풍의 순간들

[형!]

고객 카드를 넘기며 영업 준비를 하던 길모에게 장호가 달려
왔다.

"또 웬 소란이냐?"

[그게 아니고, 큰일 났어요.]

장호의 수화가 요란스럽게 허공을 휘저었다.

"큰일?"

[빨리 나가봐요. 손님이 형을 찾아요.]

"손님이 왔는데 웬 호들갑? 즐겁게 모시면 되지."

[그게 그럴 상황이 아니니까 그러죠.]

"왜? 저승사자라도 왔냐?"

[그게…….]

"진짜 저승사자?"

[마 약사님요.]

"……!"

느긋하게 일어서던 길모가 놀라 주춤거렸다.

"마 약사?"

[건물 병원장들도 잔뜩 끌고 왔어요.]

"푸헐!"

[형 찾는데 그냥 뺀찌 놓을까요? 예약 꽉 찼다고?]

"……."

길모, 그야말로 전광석화처럼 머리를 꿀꿀꿀 굴리기 시작했다.

술집에 손님이 왔다. 참 착하고 고마운 일이다. 마 약사라면 외상 먹을 일도 없다. 그러니 또 고마운 일이다. 거기다 자기 건물에서 개원한 원장들을 데리고 왔다면 매상도 좀 오를 일이다. 더 더욱 고마운 일이다.

하지만!

그는 그냥 손님이 아니다. 류 약사의 외삼촌인 것이다. 보아하니 딴에는 원장들 로비한답시고 데리고 온 모양지만 카날리아의 모든 것이 류 약사에게 생방송으로 전달될 것은 뻔한 일.

"……."

[형!]

"모셔라!"

[형!]

"모시라고!"

길모는 단호하게 강조했다.

정면 승부!

차라리 잘된 일이었다.

길모는 김 검사 사건을 떠올렸다. 그날 사실 길모는 기분이
좋지 않았다. 밥을 사준다고 해놓고 일언반구 말도 없이 고춧가
루를 불러들인 마 약사. 말로는 이웃사촌이라 격의가 없어 그랬
다지만 냉정히 보면 길모를 무시한 만행이었다.

왜 그런 만행(?)이 가능했을까?

두말없이 길모의 직업 때문이었을 것이다. 만약 길모가 어엿
한 사업가나 어엿한 직업이었다면 그런 도발은 꿈도 꾸지 못했
을 일.

하지만 길모도 이제 허접한 웨이터가 아니었다. 따지고 보면
길모도 사업가다. 박스를 하려면 자본금도 억대여야 하고 수입
도 월 기천만 원에 달한다.

게다가 텐프로도 약국처럼 나라의 허가를 받았다. 약국보다
더 많은 세금도 낸다. 그러니 세간에서 생각하는 술이나 나르고
비굴하게 손님들 비위나 맞추는 우스운 직업이 아니었다.

더구나 길모는 관상왕.

길모의 룸 안에서는 천하의 누구도 길모를 무시하지 못했다.
무시는커녕 존경스러운 눈빛을 받은 적이 한두 번이던가?

'차라리 잘됐다.'

길모의 눈에서 후끈 열기가 터져 나왔다. 이 기회에 진면목을 보여주는 것이다.

'관상왕의 진면목!'

그런 다음에도 통하지 않는다면 류 약사도 접을 생각이었다. 사실 길모가 그녀를 좋아하는 이유는 하나였다.

반듯한 여자라는 것!

류설화는 길모의 반대편에 선 사람이었다. 사회에 나오자마자 유흥가에서 잔뼈가 굵어온 길모였다.

예쁜 여자, 섹시한 여자는 템프로에서 질리도록 보았다. 그러나 그들 중에 아름답게 사랑하는 사람들, 평탄하게 살아가는 사람은 아직 보지 못했다. 일단 술집 물을 먹으면 보통 사람으로 소박하게 살기는 어려운 게 현실이었다.

그랬기에 길모의 마음에는 평범한 보통 여자에 대한 환상이 있었다.

반듯한 가정.

반듯한 학벌.

반듯한 직장.

그건 길모가 갖지 못한 것. 류 약사가 바로 그런 여자였기에 더 끌렸는지도 몰랐다. 바꿔 말하면 그것뿐이었다. 나아가 이제 자기 일에 심취한 길모. 직업에는 귀천이 없는 것이니 자기의 가치를 다만 술집 웨이터쯤으로 폄하한다면 류 약사가 아니라 왕국의 공주라고 해도 올인할 생각은 없었다.

"아이고, 홍 부장!"

가식 섞인 인사와 함께 마 약사가 1번 룸에 들어섰다. 길모는 마 약사와 세 원장을 바라보며 부드럽게 맞이했다. 왕의 인사는 여유가 넘쳤다. 1번 룸에 들어온 이상, 칼자루는 길모가 쥐고 있었다.

한 병!
두 병!
길모는 발렌 30년 두 병으로 세팅을 했다. 쪼잔한 마 약사가 150짜리 테이블 딜을 해왔기 때문이었다. 군소리 없이 받아들였다.
"어이구, 이거 유토피아가 코앞에 있었네."
"그러게요. 우린 맨날 일만 하느라 이런 데가 앞에 있는 줄도 몰랐으니……."
원장들이 거드름을 피우며 앉았다. 길모는 한눈에 그들의 관상을 관통해 나갔다.
'내과 원장, 음흉한 인간…….'
'이비인후과 원장, 내숭덩어리.'
마지막으로,
'피부과 원장은 신사…….'
오래지 않아 견적이 나왔다. 길모는 견적에 따라 아가씨들을 배치했다. 내과에는 혜수를, 이비인후과에는 목화, 피부과에는 승아를 앉혀주었다.
아가씨들은 다른 날과 달리 옷차림도 착했다. 얇았다. 하지만 길었다. 따라서 퇴폐적인 느낌은 그닥 들지 않았다.

"자, 이거 제가 약소하지만 우리 건물 의료기관끼리 구국의 단합을 하자는 의미에서 모셨습니다. 많이들 드시고 잘 부탁합니다."

자리가 잡히자 마 약사가 건배사를 대신했다.

"어이구, 미녀들을 옆에 두고 마시니 주지육림이 따로 없군. 술술 넘어가지 않습니까?"

내과 원장이 이비인후과를 바라보며 너스레를 떨었다. 척 봐도 그는 룸싸롱깨나 섭렵한 사람으로 보였다.

"많이들 드세요. 그리고 우리 건물에서 오래오래 번창하세요."

마 약사가 추임새를 넣었다. 보아하니 그는 오늘 재계약을 위한 접대를 하는 형편. 그러니 딴에는 술상무 노릇을 하고 있는 것이다.

"아, 거 말로만 그러시지 말고 뭔가 좀 보여주세요. 저쪽 길 건너 풍년빌딩은 약국에서 차도 뽑아줬다던데……"

술이 한 잔 돌자 내과 원장이 돌직구를 날리기 시작했다.

"에이, 헛소문이겠죠. 약국해서 남는 게 뭐 있다고……"

마 약사가 방어를 펼친다.

"허어, 마 사장님 진짜 짠돌이시네. 자꾸 그러면 재계약 도장 안 찍고 거기로 옮겨가는 수가 있어요."

슬슬 직구의 스피드를 높이기 시작하는 내과 원장.

"아따, 거 그러지 말고 재계약 도장 좀 찍어주세요. 우리가 어디 하루 이틀 얼굴 보는 사이입니까? 저도 임대료 안 올리고 나름 애쓰지 않습니까?"

"좋아요. 내가 오늘 하는 거 좀 보고 고려하겠습니다. 그렇죠? 조 원장님?"

"맞습니다. 마 사장님이 좀 짜긴 하죠."

이비인후과까지 가세하자 마 약사가 코너에 몰리기 시작했다.

"험험!"

마 약사는 금세 말발이 바닥났다. 원래 비즈니스하고는 거리가 먼 사람. 처방전 들고 오는 사람에게 약이나 내주는 게 일이었으니 세 원장의 협공에 처분만 바랄 판이었다. 그래서일까? 괜한 화살을 길모 쪽으로 돌리는 마 약사였다.

"홍 부장, 궁금해서 그러는데 말이야 술값이 비싸니 수입도 좀 되겠네?"

이 순간만은 마 약사가 너무 고마워지는 길모. 가려운 곳을 긁어주니 대머리일지언정 쫠쫠 쓰다듬어 주고 싶었다.

"그럼요. 여기 부장님들은 연봉이 억대예요."

유나, 바로 기름칠을 해준다. 미리 길모의 지시를 받은 까닭이었다.

"이힉? 억, 억대?"

마 약사가 다이렉트로 자지러졌다.

"여기 부장님들은 그냥 웨이터가 아니고 구좌 웨이터거든요."

"구좌 웨이터? 그게 뭔데?"

"말하자면 개인 사업가예요. 자기 손님에 대해서 이익배당을 받는 거죠."

"어이쿠, 사업가셨어?"

마 약사, 길모를 보는 눈이 달라지기 시작한다.

"에이, 그 웨이터가 사업가는 무슨 사업가? 그냥 매상 좀 많이 올리면 월급 좀 더 주나보지."

내과 원장의 잘난 자존심이 딴죽을 걸고 넘어졌다.

"아니에요. 여기 구좌 웨이터하려면 적어도 몇 억 있어야 가능해요. 아가씨들 월급만 해도 얼마인데요?"

"몇, 몇 억?"

억 소리가 나자 내과 과장의 안색도 살며시 어두워졌다.

"아이고, 이제 보니 진짜 어엿한 사업가였네. 홍 부장."

마 약사는 감탄을 연발했다. 잘하면 침도 튈 거 같았다.

"그런데 그렇게 돈 잘 벌면서 왜 오토바이를?"

내과 원장은 여전히 딴지를 걸어온다.

"아, 그건 오토바이가 편해서요. 기동력도 있고 손님이 주시는 술 한 잔씩 하다 보면 차도 별로 필요가 없고요."

"아이고, 저런, 검소하기까지."

마 약사가 자지러질 때 유나가 더불어 쐐기를 박았다.

"게다가 우리 홍 부장님은 관상 박사기 때문에 룸 예약하시기도 어려워요. 높은 분들이나 재벌 회장님 같은 분들이 줄을 서시거든요. 원장님들은 아는 사람이니까 받아주신 거라고요."

뻐꾹뻐꾹!

유나, 오늘 뻐꾸기 제대로 날려댔다. 그 소리에 취한 원장과 마 약사는 벌린 입을 다물지 못했다.

"쑥스럽게 제 얘기는 그만 하시고……."

길모가 분위기를 전환시켰다. 과유불급이라. 길모에 대한 홍보는 그만하면 충분했다. 이제는 룸 안에서의 위엄을 보일 차례였다.

"평소 존경하던 분들께서 왕림하셨으니 여흥을 돋기 위해 관상을 좀 봐드릴까 하는데 괜찮겠습니까?"

길모는 내과 원장을 점찍고 넌지시 바라보았다.

손님들에게도 주빈이 있다. 오늘 1번 룸의 주빈은 내과 원장이었다. 따라서 그의 마음을 사야 마 약사의 비즈니스가 성공하는 것이다.

유복동향 유난동당!

오늘의 물주는 마 약사. 그러니 딱히 류 약사의 외삼촌이 아니어도 거들 판이었다.

"아, 그거 좋지. 홍 부장 관상이야 내가 잘 알지."

궁지에 몰린 마 약사가 반색을 했다.

하지만!

"됐네. 관상은 무슨……."

빈정이 살짝 상한 내과 원장은 길모의 말을 단칼에 잘라 버렸다. 그렇다고 그냥 물러설 길모인가?

"하긴 의학하시는 분들이니 관상 같은 건 별로 믿지 않으시겠죠."

길모, 일단 겸손 모드로 내과 원장의 자존심에 광택을 내주었다.

"그야 당연하지. 의학은 곧 과학인데 그 까짓 점술을 누가 믿겠는가? 다른 데 가서 알아보시게."

내과 원장의 프라이드는 백두산처럼 높았다. 이마가 톡 튀어나온 오만한 그의 관상처럼.

"그렇긴 한데 관상으로도 질병을 짚어내는 방법이 있습니다."

길모가 슬쩍 떡밥을 던졌다.

"뭐라? 관상으로 병을 찾아내? 뭐 눈이 노라면 황달이고 얼굴이 삐쩍 마르면 폐병이고 하는 거 말인가?"

내과 원장은 까칠하게 길모의 떡밥을 물었다.

"그거야 일반 상식을 가진 사람이라면 다 알 수 있는 일이고, 진짜 관상가는 그보다 좀 깊게 들어갑니다만……."

"그게 말이 되나? 괜히 우매한 사람들 속여 돈 털어먹자는 수작이지."

"그럼 송구하지만 제가 원장님 질병을 한 번 맞춰볼까요?"

"내 질병을?"

"예!"

"아하하핫!"

내과 원장은 배를 잡고 웃었다. 무지막지하게 가소롭다는 뜻이었다.

"이보게. 자네가 무슨 히포크라테스라도 되나? 관상으로 웬 질병?"

"맞추면 어쩌겠습니까?"

길모, 내과 원장의 오만함에 불을 지피기 시작했다.

"못 맞추면?"

원장도 맞불이다.

"벌금으로 300만 원짜리 꼬냑 한 병을 서비스하겠습니다."

"3, 300만 원짜리 술을?"

마 약사는 거의 뒤집어지기 직전이었다.

"그거 괜찮군. 그렇죠?"

내과 원장이 다른 원장들을 돌아보았다.

"그럼 제가 맞추면 오늘 술값은 원장님이 계산하시겠습니까?"

"……?"

방자하던 내과 원장의 눈동자가 멈췄다. 눈알에 노란빛이 도는 걸 보니 짠돌이이기는 마 약사와 쌍벽을 이룰 관상의 내과 원장. 혹시라도 생돈 나갈까 걱정이 되는 눈치였다.

"농담입니다. 다만 제 생각은 존경하는 원장님들과 이웃으로 있고 싶으니 제가 맞추면 지금 건물에서 계속 진료해 주셨으면 싶습니다."

"홍 부장님, 마음씨 착하네. 질병을 맞추면 내가 나서서라도 내과 원장님 잡을 테니까 말해 봐요. 못 맞추면 고급 꼬냑 좀 먹어보게."

그때까지 침묵하던 피부과 원장이 나서서 상황을 정리했다. 내과 원장 역시 길모의 말을 믿지 않았으므로 동의하게 되었다. 그러자 마 약사의 시선이 길모에게 건너왔다. 그의 시선은 간절했다.

이겨다오!

그렇게 말하고 있지 않은가?

마 약사와 길모.

졸지에 한편이 되어버렸다.

"원장님은……."

내과 원장의 관상을 꿰뚫은 길모는 천천히 위엄을 뿜었다.

"음… 처자지덕(妻子之德)이나 등하불명이라. 남의 병 고치느라 내 몸에 든 병을 키우니 어찌 안타깝지 않으리오?"

길모는 처자지덕에서 조금 버벅거렸다. 원래는 다른 단어를 생각했기 때문이었다.

"뭐라?"

"원장님은 관자가 우윳빛이라 처의 내조가 크군요. 병원의 기둥은 사모님이 세웠으니 반석 위에서 명의를 꿈꿨어라. 하지만 눈자위에 검푸른 기세 등등하고 귀에 붉은빛이 서리지 않았습니까? 나아가 콧망울에도 액운이 뻗치고 입가의 주름이 급히 처지니 이미 신호를 잡았을 터."

"그래서 뭐 어쨌다고?"

내과 원장의 목소리가 뾰족해지기 시작했다.

"원장님은 오장이 다 비명을 지르고 있지만 그중에서도 대장이 특히 좋지 않습니다. 나아가 최근에는 요통의 압박도 받고 있지요? 요추 4번이군요."

"……!"

기세를 올리던 내과 원장의 눈에서 힘이 쭈욱 빠져나갔다. 이유는 피부과 원장의 말에서 확인되었다.

"이야, 기막힌데요? 원장님 요즘 대장이 수상하다고 내장내시경한다고 하셨잖아요? 그리고 허리도 요추 3~4번 추간판이 내려앉은 것 같다고 하셨고……."

길모는 보았다.

마 약사의 입이 쩌억 벌어지는 걸.

"커어, 큼큼!"

말문이 막힌 내과 원장은 헛기침으로 겨우 체면을 유지했다. 누가 보아도 길모의 승리였다.

"공자전효(孔子前孝)라고 제가 감히 의사 선생님들 앞에서 재롱을 떨었습니다. 모쪼록 편한 시간되시고 가까운 이웃으로 계속 뵙게 되기를 바랍니다."

공자전효, 이는 공자 앞에서 효경을 논한다는 뜻이니 번데기 앞에서 주름을 잡았다는 의미였다. 다행히 내과 과장은 더 시비를 걸지 않았다. 체면이 상한 측면도 있지만 길모의 말이 틀리지 않았던 것이다. 나아가 혜수의 적절한 뻐꾸기가 그 입을 막았다.

길모는 가뜬하게 1번 룸을 나섰다. 마 약사에게 후한 점수를 딴 채로. 현재까지라면 승부수는 대성공이었다.

화장실에서 세수를 한 길모. 거울에 비친 모습을 보다 갑작스레 쿡 하고 웃음을 삼켰다.

단어.

내과 원장에게 설명하려던 처자지덕이라는 단어 때문이었다. 원래 길모 입에 떠오른 원문은 '內子之德'이었다. 여자란 한문으로 내자가 아닌가? 그 뒤는 지덕이다. 그걸 합치면?

내○○덕!

중간 두 단어는 상상에 맡긴다. 어쨌거나 이 어찌 웃지 않을 단어인가?

술자리는 잠시 후에 끝이 났다. 원장 한 사람이 술에 약한 까닭이었다.

"잠깐, 아가씨들 팁은 줘야지."

술에 취한 마 약사가 지갑을 꺼내 들었다. 그리고 호기 있게 지폐를 뽑았다.

무려 두당 만 원씩!

그러면서도 파르르 손 떨리는 그의 알뜰함(?). 어쩌면 그가 약사로 작은 빌딩까지 마련한 비기는 거기 있는지도 몰랐다.

배웅을 위해 밖으로 나오니 약국 앞에 서 있는 류 약사가 보였다. 아마 마 약사가 끝나기를 기다리는 모양이었다. 길모는 마 약사를 약국까지 바래다주었다.

"아이고, 우리 홍 부장, 아니 홍 사장이지. 오늘 고마웠어."

취한 마 약사가 길모를 덥석 안았다.

"카날리아 말이야, 마음에 들었어. 덕분에 비즈니스 성공이
야."

술 취한 노년은 대개 말이 많다. 마 약사도 그랬다. 귀여운 꼬
장이었다.

"저기요, 류 약사님!"

길모는 운전석으로 가는 류 약사를 불러 세웠다.

"네?"

"병원들 재계약 기간이죠?"

"네……."

"내일 마 약사님 술 깨면 내과 원장님과는 바로 계약을 하라
고 전해주세요."

"만료일은 조금 남았는데……."

"원장님 관상을 보니 그게 좋을 거 같아서요."

길모, 자세한 이유는 말하지 않았다. 내과 원장의 입술은 아
랫입술이 윗입술을 덮는 상. 그런 상은 마음이 바뀔 가능성이
많았다.

"알았어요. 부장님 권유대로 할게요."

류 약사의 차는 총총 멀어졌다. 그런데도 이상할 정도로 기분
이 담담했다.

'진인사대천명.'

길모는 관상왕으로서 최선을 다한 것이다.

다시 1번 룸으로 돌아오니 혜수가 메모에 빠져 있었다. 작은

노트에 그림까지 그리고 있는 그녀는 길모가 들어온 것도 모르고 있었다. 어깨너머로 보니 내과 원장 얼굴이었다. 썩 잘 그리는 그림은 아니지만 대충 윤곽은 알 것 같았다.

"어머!"

집중하던 그녀가 길모를 보고 놀랐다.

"열공이네?"

"언제 왔어요?"

"지금!"

"죄송해요. 관상이 너무 재미있어서……."

"그렇게 좋아?"

"네. 솔직히 어떨 때는 부장님 머리에 들어가 보고 싶다니까요. 저번에 새벽 예언도 기가 막혔어요."

"관상을 배우려면 일단 눈으로 들어가야지."

"그런가요?"

"가서 좀 쉬어. 나름 장타였는데……."

"괜찮아요. 사실 밤낮이 바뀐 것 말고는 에뜨왈보다 재미난 거 같아요."

"그래?"

"부장님 말 듣길 잘한 거 있죠. 빨리 관상 배워서 저도 저만의 공간을 가지고 싶어요. 사람들이 전부 저를 여왕처럼 바라보는……."

"천리지행시어족하(千里之行始於足下)!"

"천 리 길도 한 걸음부터요? 네에, 알겠어요."

혜수는 한마디로 알아들었다.

"진짜 한문 공부도 따로 하고 있는 거야?"

"그건 아니고요 제가 전에 고전무용을 좀 배웠거든요. 그때 선생님이 한문을 많이 쓰는 바람에 대충 주워들었던 게 있어요."

"고전무용?"

이건 길모도 몰랐던 부분이다.

"좀 배우다 말았어요. 요즘은 어디 써먹을 데가 있어야죠."

"나중에 써먹으면 되지."

"이마 강의 끝난 거예요?"

"아, 그거 어디까지 했었지?"

"명궁, 복덕궁, 관록궁이오."

"그럼 오늘은 천이궁."

"천이궁이면 이사나 이직 같은 거 보는 거죠?"

혜수는 예습까지 해온 모양이었다.

"자리는 이마의 좌우 끝. 앞이마근과 관자근 사이에 있는 경계선인데 기색이 변하거나 뭔가 나게 되면 자신의 위치가 바뀌거나 변할 징조야. 여기 흉터나 반점이 있으면 주거가 일정치 않고 변동수가 잦아 삶이 고단할 상이지."

"흐음, 그럼 아까 내과 원장님은 어땠어요?"

"그 양반, 당분간 이사 운은 없었어. 여기 따라온 걸 보면 관상 아니어도 알 수 있는 일이고."

"네? 어떻게요?"

"생각해 봐. 예컨대 다른 빌딩으로 가기로 작정했다면 따라올 리가 없잖아? 그러니까 그 사람은 갑으로서 여차하면 갈 테니까 알아서 모셔라 하고 누리러 온 거야."

"어머, 듣고 보니 그러네요."

혜수가 수긍할 때 길모의 전화기가 울렸다. 윤표였다.

ㅡ형!

윤표, 목소리가 잔뜩 긴장하고 있었다.

"무슨 일이냐?"

길모는 복도로 나오며 전화를 받았다.

ㅡ그 사람 있잖아요? 형이 동선 파악하라는…….

"차상빈?"

ㅡ네.

"그 인간이 왜?"

ㅡ저녁부터 시간이 나서 따라다니고 있었는데 지금 한바탕 난장치고 형네 가게로 가는 거 같아요.

"……?"

ㅡ조심하세요. 그 새끼 초초초대형사고 쳤어요.

"알았다. 너 지금 상태 안 좋은 거 같으니까 전화 끊고 어디 가서 좀 쉬어라."

ㅡ예.

윤표의 목소리가 끊어졌다.

초대형사고?

무슨 일일까? 게다가 여기로 오는 것 같다고?

[형, 다녀왔어요.]

마침 장호가 돌아왔다. 길모는 손가락질로 장호를 데리고 나갔다. 밤이 깊었다. 어쩐지 공기까지 살벌하게 느껴졌다. 불과 얼마 지나지 않았건만 류 약사를 배웅할 때와는 판이하게 달랐다.

[왜 그래요?]

불안을 느낀 장호가 조심스레 물었다.

"그놈이 오고 있어."

[그놈요?]

"차상빈!"

길모의 눈은 저만치 도로에 박혀 움직이지 않았다. 그 어둠을 뚫고 차상빈의 세단이 불쑥 가까워졌다.

'차상빈······.'

"모셔라!"

길모의 입에서 비장한 목소리가 새어 나왔다. 자신도 모르게 불쑥 솟구친 솜털들. 빳빳하게 긴장한 서른세 개의 척추뼈······.

장호가 문을 열자 차상빈이 내렸다. 길모의 코에 피 냄새가 후욱 끼쳐 왔다.

"룸 있지?"

희미한 가로등을 등진 차상빈이 물었다. 그는 묵직하면서도 견고한 손가방 하나를 옆구리에 끼고 있었다.

"운이 좋으시군요. 마침 이전 손님이 조금 일찍 가신 터라······."

길모는 자연스럽게 차상빈을 맞았다. 동시에 매섭게 그를 관찰했다. 증거는 남기지 않았지만 혹시라도 길모를 의심해 왔을 수도 있었다. 하지만 곧 마음을 놓았다. 길모를 의심한다면 운짱이 나서야 했다. 그런데 그녀는 차 안에서 내리지도 않고 있었다.

'확실히 다르다.'

지난번과 달랐다. 그 모든 것이.

"혜수 좀 데려와."

룸에 앉기 무섭게 혜수를 지명하는 차상빈.

"다른 방에 있어 조금 기다려야 합니다만……."

대답하면서 길모는 재빨리 차상빈의 관상을 보았다.

'아뿔싸!'

인중에 또렷하게 나타난 검은 기색. 그걸 본 길모는 바로 숨소리를 멈추며 시선을 감추었다.

"당장 데려와!"

차상빈은 테이블에 백만 원 수표 두 장을 던져 놓았다. 그 손을 본 길모는 마른침을 울컥 넘겼다. 소매에 물든 핏물 때문이었다.

'사고다!'

길모의 뇌리에 윤표의 떨리는 목소리가 메아리를 이루었다. 초초초대형사고…….

"술은 어떤 걸로 세팅할까요?"

"저번에 마신 꼬냑… 아니, 아무거라도 상관없으니까 너 꼴리는 대로 집어 와."

"알겠습니다."

차상빈의 눈동자는 갈피를 잡지 못하고 있었다. 눈만 봐도 대형사고가 엿보였다.

"네?"

대기실에서 나온 혜수, 길모의 귀엣말을 듣더니 바로 소스라쳤다.

"비상사태야. 손님 상태가 안 좋으니까 대충 비위만 맞추라고."

"부장님……."

"무슨 일 생기면 바로 뛰쳐 나오거나 비명을 질러. 내가 복도에 대기하고 있을 테니까."

"대체 무슨 일인데요?"

"원래 질이 안 좋은 인간이잖아? 밖에서 사고를 치고 온 거 같아. 그러니 침착하게 기분을 맞추라고. 공연히 관상이 어쩌고 하면서 무리하지 말고."

"알았어요."

혜수는 바로 분위기를 파악했다. 길모조차 긴장하고 있었기 때문이었다.

'후우!'

그녀는 룸 앞에서 호흡을 조절했다. 그럴 때는 흡사 노련한 홍 마담을 보는 것 같았다.

"오셨어요."

혜수는 자연스러운 인사와 함께 룸에 입실했다. 장호가 테이블을 세팅하는 사이에 길모는 한 번 더 차상빈의 관상을 체크했다.

운이 다했다.

재물운의 기색은 마지막 여운을 남기고 있고 부하궁을 뜻하는 턱에도 어두운 기색이 짙게 드리웠다. 길모는 혜수에게 찡긋 윙크를 남기고 복도로 나왔다.

[형!]

"쉬잇!"

[느낌 이상해요. 저 새끼 눈알에 지진이 난 것 같잖아요.]

"조용하라니까."

[아, 저러다 혜수 누나에게 뻘짓거리라도 하면…….]

"너 여기서 꼼짝도 말고 대기해라. 무슨 소리 나면 바로 튀어 들어가."

길모는 엄격한 지시를 남기고 구석으로 옮겨갔다. 그런 다음 윤표에게 전화를 걸었다. 받지 않았다.

'자나?'

시계를 보니 새벽 2시를 넘고 있다.

'조금 전에 통화했으니 잘 리가 없는데…….'

다시 통화를 눌렀다. 두 번 더 걸고서야 윤표가 전화를 받았다.

—형!

"자냐?"

—아뇨. 찜질방에 들어왔어요.

"그 인간 지금 우리 가게에 왔다."

—그렇죠?

"그놈, 사람 죽였냐?"

길모는 소리를 낮추며 물었다.

—죽었을지도 몰라요.

"누구?"

—그 회장이요, 그리고 그 부하들······.

"······!"

잠시 가라앉았던 길모의 머리가 다시 쭈뼛 허공으로 치솟았
다.

"상황 좀 설명해 봐라."

—오피스텔이요. 거기 들어갔다 나오더니 갑자기 사람이 변
했어요. 어디론가 달려가더니 바로 회장을 만났어요. 그러고는
다짜고짜 실랑이를 하다가 회장 차를 뒤지더니······.

'차?'

—거기서 뭐가 나왔나 봐요. 바로 여자가 폭풍처럼 몰아치더
라고요.

"여자 운짱이?"

—회장 옆에 양아치들이 세 명 있었는데 순식간에 제압되었
어요. 팔다리 부러지고 머리 깨지고······.

"완전히 일방적으로?"

—아뇨. 전에 제가 사진 찍어준 남자 있잖아요? 그 사람과는

치열하게 붙었어요. 그런데 결국은 여자가 이겼어요.

"⋯⋯?"

—회장은?

"자세히는 몰라요. 완전히 뭉개더니 전부 지하실에 처박았어요. 그런 다음에 나왔지만 차 추적하느라 확인은 못 했어요."

"알았다. 푹 쉬어라."

—형 괜찮겠어요? 혹시 형 조지러 간 거면 제가 친구를 끌고 갈게요.

"내가 당할 정도면 네 친구들 떼거리로 와도 소용없는 거 모르냐?"

—뭐 하긴⋯⋯.

"쉬어라."

통화를 끝냈다. 길모는 흉곽에 들어찬 숨을 천천히 내뿜었다. 마침내 사단이 났다. 차상빈이 털린 걸 눈치챈 것이다. 다행히 길모가 깔아둔 떡밥을 물었다. 의심의 칼이 회장을 겨눈 것이다. 명함 쪼가리 때문이었을 것이다. 그길로 회장을 찾아가 족치던 차상빈은 회장의 차에서 증거를 찾아냈다. 그의 금고에 넣어둔 대포통장과 카드들.

원래 의심은 의심을 낳게 마련이다. 처음부터 신뢰로 만난 사이가 아니니 힘으로 제압하는 게 수순. 길모, 일단 예봉은 잘 피했다.

그런데!

그런데 여긴 왜 왔을까? 아무리 혜수에게 꽂혔다지만 애인관계는 아니다. 그 의문의 답은 혜수가 안고 나왔다.

"부장님!"

중간에 나온 혜수가 길모에게 손짓을 했다. 길모는 얼른 혜수에게 다가갔다.

"무슨 일이야?"

"손님이 이상한 딜을 해왔어요."

"어떤?"

"골드바 한 개를 줄 테니 부탁 좀 하재요."

"······?"

"가방을 좀 맡아달라는데요."

"가방?"

"눈치를 보니 골드바가 든 것 같아요."

"······."

"어쩌죠?"

"그럼 맡아."

"예?"

"대신 보관증 같은 거 써주면 안 돼. 그 어떤 메모나 흔적도."

"부장님!"

"그렇게 해. 아무 일 없을 거야."

길모는 혜수를 안심시켰다.

새벽 네 시, 차상빈이 일어섰다. 술은 별로 취하지 않았다. 술값은 수표가 나왔다.

"이서할까?"

"괜찮습니다. 이제 단골이신데요. 뭐."

길모는 미소로 대신했다. 차상빈은 비장한 얼굴로 혜수의 어깨를 툭툭 치고는 일어섰다. 잘 당부한다는 의미였다.

꿀럭!

출발하던 세단은 몇 미터 나간 후에 울컥 제동이 걸렸다. 장호와 함께 지켜보던 길모의 미간이 좁혀졌다. 차는 다시 움직이기 시작했다.

"고생 좀 해라."

길모가 장호의 등을 밀었다. 헬멧을 눌러 쓴 장호가 오토바이를 타고 뒤따라 나갔다.

'길어야 다섯 시간……'

길모는 차상빈의 운명을 알고 있었다. 그에게 남은 삶은 곧 다가올 아침. 그 해가 창창하게 떠올랐을 즈음이면 그는 낯선 사자를 만날 것이다. 그러나 말하지 않았다. 그의 귀에 매달린 사색(死色)과 눈 안에 가득 찬 붉은 원망들. 타인의 한이 극한에 맺혔으니 살려놓는 건 신에 대한 도리가 아니었다.

'윤호영……'

길모는 멀어지는 세단을 보며 중얼거렸다.

'잘 봐둬. 네게 한을 맺히게 했던 인간의 마지막 모습……'

길모는 다시 1번 룸으로 들어섰다.

"이거예요."

혜수가 차상빈이 두고 간 가방을 내밀었다. 가방은 보기보다 특별했다. 겉보기에는 네모난 가죽가방으로 보이지만 가죽 안에 특별한 강철판이 숨겨진 구조. 지퍼가 아니라 여닫이인 데다 특별한 자물쇠까지 달려 보통 사람은 열 수 없게 되어 있었다.

"수수료는?"

"여기요."

혜수가 작은 골드바 하나를 내밀었다.

"다른 건 없어?"

"아침 7시 비행기로 중국에 간대요. 당분간 사업에 바쁠 거라 던데요."

중국!

도피하는 것이다. 당한 회장 일파에 사상자가 있다는 암시였다.

"어쩌죠?"

"그건 팁이니까 혜수가 가져. 이건 내가 알아서 처분할게."

"꺼림칙해요."

"왜?"

길모는 빙그레 미소로 혜수를 안심시키며 물었다.

"뭐랄까 느낌이 이상해요. 꼭 죽으러 가는 사람 같은……."

"관상에서?"

"네. 잘 모르지만 얼굴빛이… 그리고 행동과 말투도……."

"잘 봤어. 그 사람 몇 시간 안에 죽을 거야."

"네?"

"긴장해서 못 봤겠지만 인중에 검은 기색이 떴어. 그리고 눈에도 붉은 핏줄이 기다랗게 눈동자를 가로질렀고."

"정, 정말요?"

"그건 혜수에게 주는 마지막 선물이었나 보군. 어쩌면 그가 지상에서 만난 마지막 여자일 수도 있으니."

"부장님, 무섭잖아요."

"하지만 한 가지는 확실해."

"무슨……?"

"죽어도 마땅하다는 거. 아니, 어쩌면 그 인간은 죽음으로도 자기 죄를 다 씻을 수 없을지도 모르지."

"그만해요. 무섭다니까요."

혜수가 파르르 떨며 길모에게 안겨왔다.

카날리아에는 길모 혼자 남았다. 모든 사람이 퇴근한 신새벽, 길모는 1번 룸에서 차상빈의 가방을 열었다. 가방은 작은 금고였다.

자물통은 특별했지만 그건 다른 사람의 경우였다. 길모에게는 단지 철사 하나가 필요할 뿐이었다.

"……!"

가방 안에 든 건 짐작대로 작은 골드바 열 개였다. 아마 오피스텔에 넣어두려고 했었을 것이다. 그러나 욕조를 들어 올린 순간 그는 털린 걸 알게 되었다.

의심의 화살이 주변 사람들에게 날아갔다. 침입자의 흔적을 찾기 위해 오피스텔을 뒤지다 회장의 명함쪼가리를 발견했다.

그길로 회장을 찾아가 요절을 냈다. 지하실에 밀어 넣고 뭘 했는지는 차상빈만 알고 있다. 친절하게 훈계 따위를 하지는 않았을 것이다. 그렇기 때문에 다급히 도피하는 것이다. 급하게 항공권을 마련했겠지만 골드바는 가지고 나갈 수 없다. 그렇다면 운짱도 중국행에 동행한다는 계산이 나왔다.

다급한 상황에 차상빈은 혜수를 택했다. 한 번 털린 딸들의 욕조에 골드를 채울 수는 없었다. 술집 아가씨기에 나중에 다른 사람을 시켜 찾아가는 것도 쉽다고 판단한 모양이었다.

카운터로 나와 텔레비전을 틀었다. 아침 뉴스에 속보는 없었다. 이건 두 가지 경우였다. 회장 일파가 절치부심을 위해 입단속을 했거나 아니면 지하실에서 아직 깨어나지 못했거나. 후자라면, 사망자가 많을 가능성이 높았다.

그런데!

지하실이 아니라 엉뚱한 뉴스가 먼저 터졌다. 인천공항 인근 해안에 잠긴 세단이 인양된 것이다. 그건 차상빈의 세단이었다. 놀라운 건 그 안에 여자가 타고 있었다는 것. 여자는 바로 운짱이었다.

―경찰은 운전부주의나 자살 쪽에 무게를 두었지만 여성 운전사의 몸에 칼 맞은 상처가 있고 차량 블랙박스 칩이 없는 상태에 주목하여 계획적 타살 가능성을 열어두고 목격자를 찾는 한편……

"……!"

운짱은 사망. 더구나 차량이 바다에 빠진.

'이런!'

길모의 손이 바삐 핸드폰을 더듬었다.

—어디냐?

장호에게 문자를 넣었다. 답이 오지 않았다.

—어떻게 된 거야?

다시 문자를 넣었다. 그래도 답은 오지 않았다. 슬슬 불안해지기 시작했다. 인천공항이 가까운 해안에서 일어난 사고. 혹시 뒤따라가던 장호가 들키기라도 했다면? 라이더 실력은 프로페셔널에 버금가지만 그렇다고 장담할 일만은 아니었다.

속이 타서 생수를 뽑아 마실 때 오토바이 멈추는 소리가 들렸다.

"장호냐?"

길모는 물을 던져 버리고 계단을 뛰어올랐다.

[형!]

장호였다. 헬멧을 벗는 장호의 얼굴에 아침햇살이 내렸다. 그걸 보고서야 겨우 안심이 되는 길모였다.

물을 두 잔이나 비워낸 장호가 깊은 한숨을 쉬었다. 길모는 재촉하지 않고 가만히 지켜보았다. 장호가 돌아왔으니 급할 게 없었다.

[그 자식이 운짱을 죽였어요.]

"뉴스 봤다."

[내가 그 장면을 동영상으로 찍었어요.]

"그래?"

[인천공항으로 가다가 갑자기 방향을 틀더라고요. 그러고는 한적한 해안으로 가서 내리더니 차에서 나와 세단을 바다로 밀었어요. 어쩐지 좀 위태로운 장소에 서더라고요.]

"운짱이 반항하지 않았냐?"

[그건 몰라요. 차가 두어 번 흔들거리더니 끝났어요. 그 칼도 바다에 던졌고요.]

"악랄한 놈……."

[내가 친구 놈들 시켜서 방송국에 파일 보내라고 했으니 곧 걸릴 거예요. 중국으로 튀기 전에 잡아야죠.]

장호의 말에 시계를 보았다. 시간은 여덟 시를 넘고 있었다. 이미 그가 한국 땅을 벗어난 시간이었다. 그때 궁금해하던 뉴스가 뒤를 이었다. 회장 일파의 지하실 소식이었다.

—조금 전 서울의 한 지하실에서 네 명의 남자가 시신으로 발견되었습니다. 전직 밀수업자와 보이스피싱 전과자인 이들은 파벌싸움을 벌인 듯 나란히 흉기를 맞은 채 숨져 있었습니다. 이들은 인근에 떨어진 혈흔을 수상하게 여긴 등굣길 학생들에 의해… 경찰은 이들이 과다출혈로 숨진 것으로 보고…….

[형, 회장이잖아요?]

장호가 사망자 신분증 사진을 보며 수화를 그렸다.

"그래."

[으아, 차상빈이 다섯 명이나 담궈 버린 거네요?]

"……."

[그 인간 진짜…….]

"너무 흥분 마라. 차상빈도 지금쯤 뒤를 따라갔을 테니까."

[네?]

"그 인간도 오늘 아침에 죽을 관상이었다."

길모의 말을 증명이라도 하려는 듯 마지막 뉴스가 나왔다.

—중국 연태로 향하던 비행기 안에서 한국인이 사망하는 사고가 발생했습니다. 인천공항에서 탑승한 차모 씨는 원인불명의 장내과다출혈로 쓰러져 중국 착륙과 동시에 병원으로 옮겨졌지만 사망한 것으로······.

차상빈은, 길모가 읽은 관상대로 운명을 따라갔다.

*　　　*　　　*

'윤호영······.'

길모는 호영의 납골묘에 있었다. 그 묘지석에 소주 한 잔을 부었다. 오늘도 자작나무는 어머니의 가슴처럼 하얗게 흔들리고 있었다.

차상빈의 사망 소식을 듣자 길모는 집으로 갈 수 없었다. 호영의 가슴에 깊은 한이 되었을 차상빈. 그러니 호영에게 알려야 할 것 같았다.

"어때?"

오랜 친구에게 말하듯 바람을 마주하며 속삭였다.

쏴아아, 자작나무를 돌아 나온 바람이 대답을 대신해 길모의 뺨을 스쳐 갔다.

길모는 마른 북어를 찢었다. 어느 때부턴가 아침 해장술을 멀리 하게 된 길모. 그래도 호영에게 바친 술만은 그냥 쏟아내기 아까웠다.

"너를 위해!"

길모가 납골묘를 향해 잔을 들어 올렸다. 바로 그때, 문자 알람이 들어왔다.

―노 변호사님이에요.

장호의 문자였다. 길모는 잔을 내려놓고 시선을 돌렸다. 저만치 아래에 대기 중인 장호의 오토바이. 그 옆에 도착한 차에서 은철이 내리고 있었다. 길모는 납골묘 앞에서 은철을 맞이했다.

"웬일이야?"

모른 척 물었다.

그랬더니,

"홍 부장이 온 것과 같은 일이겠지."

하고 대답한다.

"차상빈?"

"그래. 뉴스 보고 알았어."

"빠르군."

"원래 아침 뉴스는 잘 보지 않는데 이상한 꿈을 꾸고 깨어서 말이야."

"이상한 꿈?"

"윤호영… 저 자작나무로 만든 하얀 목마를 타고 훨훨 날아 가더란 말이지."

은철의 눈동자 속에서 자작나무들이 파닥이고 있었다. 흡사 살아 있는 목마처럼…….

"홍 부장에게 전화를 해볼까 하다가 괜한 재촉이 될까 봐……."

"그래서 여기로 온 거야?"

"출근길에 잔이나 한 잔 부어놓을까 했는데……."

소주병과 북어를 확인한 은철이 뒷말을 이었다.

"음복술로 입술이나 적시고 가야겠군."

"그건 어쩌고?"

길모의 눈이 은철 손에 들린 봉지를 가리켰다. 삐죽 튀어나온 북어꼬랑지와 소주 한 병이었다.

"이거? 나중에 또 오면 되지."

"그럼 마셔."

길모가 종이잔을 내밀었다. 은철은 두말없이 받아 마셨다.

"차상빈… 어젯밤에 우리 가게에 다녀갔어."

"그래?"

"나한테 털리고 나서 주변 사람들 족친 거 같아. 아침 뉴스에 밀수범들 몇 명 죽었다고 나온 거 있지? 그거하고 서해안에서 바다에 빠졌다가 건진 차량에서 나온 여자… 다 차상빈 작품이야."

"죽기 전까지 악랄하군."

"골드바를 몇 개 더 남기고 갔어. 오토바이에 있으니까 가져가."

"후우!"

"……."

"내가 도울 일은?"

"이 아침에 여기까지 와준 것으로 충분해."

"거참, 이상하군."

"뭐가?"

"호영이 말이야. 원래는 내가 더 친했는데 이제는 홍 부장에게 그 자리를 뺏긴 거 같으니……."

"그래?"

길모가 햇살처럼 미소 지었다. 은철은 말 대신 길모의 어깨를 잡았다. 마음을 나누는 건 그것으로 충분했다.

와다당!

길모는 오토바이 소음기의 굉음과 함께 차상빈의 기억을 떨궈냈다. 악행에 악행을 거듭하던 자의 최후. 그나마 마지막 재산을 길모에게 넘김으로써 추악한 삶에 의미 있는 방점 하나는 찍은 셈이었다.

결국 잠을 제대로 자지 못했다. 겨우 한잠을 붙이고 뒤척거릴 때 예약 전화가 울린 것이다.

—아, 홍 부장?

"안녕하세요? 김 변호사님."

길모는 목청을 가다듬고 응대를 했다. 그는 공천을 바라던 변호사였다.

―오늘 예약 좀 될까?

"오늘은 좀 곤란한데요."

길모는 일단 배짱을 퉁겼다. 넙죽 무는 건 스스로 저렴하다는 표시를 내는 것이니까.

―예약이 꽉 찼어?

"예. 몇 시를 원하시는데요?"

―한 11시경… 어떻게 안 되겠어?

"11시면 골든타임인데……."

―한 번만 좀 봐줘. 하필이면 오늘 우리 정 의원님이 그때 시간이 나서 말이야. 매상은 걱정하지 말고.

"아… 좀 힘들긴 한데 앞뒤로 조여보겠습니다."

―정말이지? 그럼 예약된 걸로 알고 있겠네.

"예. 대신 다음부터는 안 됩니다."

―알았어. 이따가 보자고.

변호사는 흡족한 목소리로 전화를 끊었다.

11시 예약, 물론 아직까지는 없었다. 하지만 고객들은 이 정도 밀당은 하고 나서 받아줘야 대우받는 느낌이 든다. 더구나 그는 길모에게 큰손도 아닌 사람. 살짝 안달 나게 하는 것도 나쁘지 않았다.

세수를 하고 뉴스를 틀었다.

수사는 그새 급물살을 타고 있었다. 회장 일파가 죽은 지하실에서 차상빈과 운짱의 지문이 나온 것이다. 경찰은 두 조직(?)의 알력으로 상황을 몰아갔다. 시비에 휘말린 자들이 다 죽어버렸으니 더 확대될 것도 없어 보였다.

"수고했다."

길모는 장호의 머리를 마구 비벼주었다. 장호가 친구들을 통해 방송국에 제공한 파일도 일조를 했기 때문이었다.

[시원 씁쓸해요.]

"왜?"

[그 인간 말이에요, 인간 말종이긴 하지만 그렇게 죽어버리니……]

"그러게 평소에 마음씀씀이가 고와야지."

[그 두 자매는 어떻게 되는 거예요? 아직 뭣도 모르고 유럽에서 깔깔거리고 있을 텐데……]

"오피스텔이 걔들 앞으로 되어 있으니 당분간은 먹고 살겠지."

[그 다음에는요? 관상 봤죠?]

"어허, 천기누설!"

길모는 지그시 고개를 저었다. 관상상 두 자매는 싸구려 술집이나 전전할 상. 그런 것까지 장호에게 말할 필요는 없을 것 같았다.

"이어, 홍 부장!"

이른 출근길, 만복약국 근처에 이르자 마 약사가 길모를 불렀다. 길모를 기다린 건지 그는 약국 앞까지 나와 있었다. 길모가 서두른 건 몽몽 코스모틱의 최 회장 때문이었다. 그가 1번 룸을 예약한 것이다.

[마 약사님이잖아요?]

"먼저 가라."

길모는 혼자 오토바이에서 내렸다.

"왜 나와 계세요? 그러다 또 약 홍보라고 누가 시비 걸면 어쩌시려고."

"아, 지금 그게 문제야? 잠깐 들어와 보라고."

마 약사가 길모를 안으로 끌었다.

"출근하세요?"

선반에다 약을 정리하던 류 약사가 웃었다. 그 웃음 하나로 길모의 피로가 쫘악 씻겨 나갔다.

"어제는 고마웠어. 홍 부장, 아니 홍 사장."

마 약사, 드링크를 하나 뽁 따더니 바로 길모에게 내밀었다.

"사장은요. 좀 더 잘 모셔야 하는 건데……."

"아니야. 덕분에 재계약서도 받았다고."

마 약사의 손에는 계약서가 들려 있었다. 그는 그걸 흔들며 웃었다.

"찍었군요?"

"우리 설화, 아니 류 약사 말이 홍 부장이 쇠뿔도 단김에 빼라고 했다기에 점심때 올라가서 내밀었지. 그랬더니 내과 원장이 툴툴거리면서 사인하더라고."

"잘됐네요."

길모가 웃었다.

"그것도 홍 부장이 관상으로 본 건가?"

"아, 예……."

"고마워. 뭐 술값 출혈은 가슴이 좀 쓰리지만 그래도 속은 시원하네. 이제야 사람들이 왜 룸싸롱에 가서 비즈니스를 하는지 알겠더라고."

마 약사가 엄지를 세워주었다. 짧은 시간이었지만 길모의 선택은 성공한 모양이었다.

하지만!

뜻하지 않은 고춧가루가 끼었다.

"거기가 퇴폐적이지 뭔 비지니스예요? 아가씨들은 몸 팔고 술은 죄다 가짜 위조양주라던데……."

주인공은 중국동포 아줌마였다. 길모, 황당해서 잠시 말을 고르는 사이에 류 약사가 팔을 걷고 변호에 나섰다.

"아줌마, 룸싸롱 가봤어요?"

"꼭 가봐야 아나요? 거기 드나드는 사람들 수준들 뻔하지."

"안 가봤으면 함부로 말하는 거 아니에요. 우리 외삼촌은 이상한 사람이라서 거길 간 줄 아세요? 그리고 위층 원장님들은요? 외삼촌 말 들으니 분위기도 생각보다 좋았고 거기도 정부에서 허가 내준 곳이에요. 그리고 홍 부장님하고 아가씨들도 손님들이 서로 거래 잘 이루도록 도와줬다는데 뭐가 퇴폐적이라는 거죠?"

정부에서 허가를 내준 곳.

길모 마음에 쏙 들어오는 말이었다.

"류 약사님?"

기선을 제압당한 아줌마의 목소리에서 전의(戰意)가 사라지기 시작했다.

"아줌마, 저번에 중국동포 함부로 말하는 사람들 욕하지 않았어요? 연변에 대해 쥐뿔 모르면서 그런다고? 그거하고 뭐가 달라요?"

"그, 그게……."

"됐으니까 이거 약 박스 껍데기나 잘 정리해서 치워두세요. 이따 박스 할머니 오시면 가져가시게."

"예……."

아줌마, 바로 꼬리 꽉 접는다. 갑자기 약국이 참기름집으로 변했다. 어디서 이렇게 깨를 달달 볶고 있을까? 다른 사람이 볶아도 시원할 판에 류 약사가 깨 가마를 돌리고 있었다.

'아이고, 꼬셔라.'

단지 꼬시기만 할까? 어느새 길모 편이 되어버린 류설화와 마 약사. 그녀가 사랑스러워 확 깨물어 버리고 싶기까지 했다.

"아무튼 덕분에 잘 해결되었어. 홍 부장, 능력 다시 봤어. 아주 최고야!"

마 약사의 칭찬에 슬쩍 돌아보니, 류 약사의 볼에도 홍조가 떠 있다.

'대시해도 된다는 신호…….'

길모의 심장에 초강력 파란 불이 들어왔다.

[혜수 누나 안 와요?]

가게 문을 열면서 장호가 물었다. 1번 룸의 손님이 예약되었는데 1번 룸의 안주인쯤으로 자리 잡은 혜수가 오지 않은 것이다.

"안 온다."

[왜요?]

"예약자께서 아가씨 필요 없대."

[에? 그런 게 어디 있어요?]

"어디 있긴, 1번 룸에 있지."

길모는 태연히 대답했다. 사실 텐프로의 테이블 세팅은 웨이터 재량이다. 그 안에 아가씨를 붙일 수도 있고 뗄 수도 있다. 왜냐하면 박스 웨이터라면 그 모든 게 결국 자기 책임이기 때문이었다.

[최 회장님은 거시기가 없으시나?]

장호가 구시렁거렸다.

"그래. 없다!"

듣고 있던 길모가 빙그레 맞장구를 쳤다.

[에, 진짜요?]

"오늘만!"

[형!]

"최 회장님이 오시는 게 아니라 그분 추천으로 오는 손님이거든."

[그럼 더 그렇잖아요. 처음 오면서 아가씨 안 부르면…….]

"그만하시고 나가서 손님이나 맞으시죠."

길모는 장호의 등짝을 가볍게 후려쳤다.

'누굴까?'

가게 앞으로 나온 길모는 도로를 바라보았다. 최 회장의 말로는 여자라고 했다. 그렇다면 이 손님의 목적은 술이 아니라 관상이었다.

[저 차인가 봐요.]

장호가 수화를 날렸다. 도로에서 하얀 세단 한 대가 머리를 돌리고 있었다.

"장덕순이에요!"

1번 룸에 들어선 여자가 솥뚜껑 같은 손을 내밀었다. 우람한 몸매에 굵직한 음성. 웬만한 남자 하나는 찜 쪄 먹을 여장부였다.

"여긴 우리 회사 술상무 권진철 이사……."

"반갑습니다."

여자의 소개를 받은 이사가 악수를 청했다. 두 손님은 서로 마주보며 자리를 잡았다.

"현존 최고의 관상대가라고요? 최 회장님이 입에 침이 마르시더군요."

"과찬이십니다."

길모는 칭찬을 겸허히 넘겼다.

"권 이사님, 술 시키세요. 남의 가게에 왔으면 일단 예의를 갖

취야죠."

"허헛, 이거 사장님 옆에 두고 술이 넘어갑니까?"

"그렇게는 안 돼요. 오늘은 위장 열어놓고 작심하고 드세요. 탈나서 며칠 쉬셔도 용서합니다."

"뭐 사장님 명령이시라면……."

장덕순의 명을 받은 이사가 길모를 바라보았다.

"메뉴는 여기 있습니다."

지켜보던 길모가 공손히 메뉴를 내밀었다.

"필요 없네."

"……?"

"웨이터 하시니 알겠지만 내 별명이 술상무라네. 그럼 주종 불문, 색깔불문, 도수불문, 시간불문, 장소불문이라는 것쯤은 아시겠지?"

"아, 예……."

"거기다 오늘은 물주를 하실 든든한 사장님까지 계시니 가격 도 불문일세."

"……."

"그래도 월급 받는 주제에 제일 비싼 거 시키면 눈치받을 테 니 이 집에서 딱 위에서 세 번째 가격으로 세팅하시게."

"알겠습니다."

길모는 꾸벅 인사를 하고 나왔다.

"이모 왔지?"

대기 중인 장호에게 묻는 길모.

[방금 나왔어요.]

"안주 좀 준비해 달라고 해라. 육류 말고 깔끔한 걸로."

[네.]

대답을 뒤로 한 길모는 주류창고 문을 열었다. 술의 빈자리가 많았다. 하지만 걱정할 건 없다. 수완가 방 사장이 출근하는 대로 채워질 테니까. 길모는 두 병 남은 700만 원짜리 꼬냑 한 병을 집어 들었다. 그리고 덤으로 한 병을 더 잡았다. 와인이었다.

꼴꼴꼴!

와인 따르는 소리는 즐겁다. 길모 개인적으로는, 솔직히 맛은 개털이지만 소리가 좋았다. 하지만 주당들 중에서도 와인이라면 환장하는 부류가 많으니 세상이란 확실히 제멋에 사는 곳이다.

"이야, 이 친구 진짜 센스쟁이네요. 그래, 이렇게 사장님 잔도 채워놔야 쫄이 마음 놓고 마시지."

"주연 벌이는 김에 쭉쭉빵빵 섹시한 아가씨도 붙여줄까요?"

권 이사의 말에 장 사장은 한술을 더 뜨며 물었다.

"아이고, 조용히 마시겠습니다. 사장님!"

길모에게 한 잔을 따라준 장덕순이 가볍게 건배를 제의했다. 길모는 고개를 돌리고 잔을 비워냈다. 뱃속에 짜르르 벼락이 치는 것 같았다.

"이제 주인 체면은 세워주었으니 내 얘기를 해도 될까요?"

장 사장이 고개를 들었다. 그 표정은 조금 전과 달리 심각하면서도 묵직했다.

"말씀하시죠."

"내가 왜 왔을까요?"

장 사장 단 한마디만을 던졌다. 네가 관상왕이냐? 그렇다면 알아서 맞춰 보거라. 그녀의 눈은 길모를 그렇게 윽박지르고 있었다.

제5장

판독불가, 무상(無相)의 등장

여자 사업가!

그녀는 왜 온 걸까? 카날리아가 문을 열기도 전에 예약을 하고 달려온 손님. 더구나 여자였다.

"아드님 때문이군요."

길모 역시 한마디로 대답했다.

"……?"

술잔을 들고 주목하던 권 이사. 어찌나 놀라는지 술잔이 출렁거렸다. 장덕순도 마찬가지였다. 그녀의 거구 또한 움찔 흔들리는 게 보였다.

짝짝짝!

장덕순은 세 번의 박수를 쳤다. 그리고 엄지를 세워 보였다.

"대단하네요. 괜한 시험으로 불쾌했다면 사과합니다."

"아닙니다."

"최 회장님이 허튼 말씀을 하시지 않는 분이라는 건 잘 알지만 워낙 이런 건 확인하지 않고는 믿기 어려운 일이라⋯⋯."

"이해합니다."

길모는 길게 답하지 않았다.

"그럼 혹시⋯⋯."

술잔을 비워낸 권 이사가 몸을 당기며 운을 띄웠다.

"말씀하시죠."

"아들의 어떤 문제로 왔는지도 알고 있나?"

"자세히는 모르지만⋯⋯."

길모는 장 사장의 얼굴을 한 번 더 본 후에 말을 이었다.

"옥고를 치를 상황이군요."

"⋯⋯!"

이번에는 장 사장과 권 이사가 동시에 흔들렸다.

"물 좀⋯⋯."

초조한 장 사장이 손을 내밀었다. 권 이사가 물병을 잡으려 했지만 그 역시 허둥지둥 여의치 않았다. 결국 물은 길모가 따라주었다.

"고마워요."

"봉사는 웨이터의 즐거움입니다."

길모는 살짝 고개를 숙이는 것으로 인사를 대신했다.

"그럼 말이지, 혹시 해결책도 알고 계신가?"

권 이사가 물었다. 길모는 가만히 고개를 저으며 대답했다.

"죄송하지만 이사님, 저는 신이 아닙니다."

"으음… 그렇지."

권 이사의 입에서 탄식이 새어 나왔다.

"방금 말한 건 내 관상을 보고 안 건가요?"

장 사장이 물었다.

"예."

"어떻게 아셨나요?"

"사장님 관골에 불덩이가 이글거립니다. 그러하니 눈이 붉고 젖어 있지요. 그것은 곧 자식을 걱정하고 있다는 말입니다. 나아가 눈밑 볼록한 자식궁에도 그 불이 옮겨 붙었습니다. 이는 곧 발등에 불이 떨어진 것 아니겠습니까?"

"그게 다인가요?"

"재산궁에 빛이 맑아지는 걸 보니 새로운 사업을 개척하실 운도 있습니다만……."

"말씀드리세요."

거기까지 들은 장 사장이 권 이사를 바라보았다.

"귀신이시군. 그 말이 다 맞았네."

권 이사는 물을 들이켠 후에 뒷말을 붙였다.

"우리 회사는 지금 외국계 저가 항공사를 인수하려고 물밑 작업을 벌이고 있네. 그동안 지분도 착실하게 투자해서 이제 도장 찍을 일만 남았다네. 그런데 사장님 아드님이 그 항공사의 서비스를 비밀리에 점검하다가 문제가 발생되었다네."

'문제?'

"물 잔에 이물질이 묻었는데 승무원들 응대가 무성의했던 모양이야. 물론 그 전에도 이런저런 요청을 무시한 관계로 가뜩이나 심기가 벼르던 참이라 폭발하고 만 거지."

"……."

"문제는 승객 하나가 신고를 하는 바람에 아드님께서 자칫 여론재판에 몰려 진짜 법정에 설지도 모른다는 걸세."

"……."

"그런데 홍 부장 말에 의하면 법정에 선다는 말인가?"

"…예. 관상에는……."

"그건 좀 아닌 것 같군. 사실 그 상황은 우리가 전사적(全社的)으로 나서면 조율이 가능하다네. 승무원들하고 입 맞추면 되는 거고 각종 기록도 대충 맞춰놓으면 가능하거든."

"……."

"사장님이 걱정하는 건 아드님 문제도 있지만 사실 그 항공사 인수 시점을 타진하고 싶은 거네만."

"시점은 지금입니다."

길모는 단칼에 대답했다.

"지금이라면?"

"내일 당장에라면 더 좋습니다."

"이보시게. 당장은 아드님 문제가 해결되지 않았네. 그걸 해결해서 잡음을 방지해야……."

"아드님 문제부터 해결하려 하신다면 둘 다 실패할 것입니다."

"······?"

장 사장의 시선이 길모에게 박혀왔다.

"어째서 그렇죠?"

"생즉필사(生則必死)요 사즉필생(死則必生)이라!"

"살려고 하면 죽고 죽으려 하면 산다?"

"예!"

"이 친구가 지금 자기 기분대로 말하는 거 아닌가? 이건 우리 회사의 사운이 달린 일이야."

권 이사의 목소리가 높아졌다.

"그렇기에 더욱 생즉필사 사즉필생을 말씀드린 겁니다."

"······."

"아드님은 옥고를 치룰 겁니다. 그런데 그걸 막으려고 잔재주를 부리시면 무리수가 됩니다. 아드님을 버리면 회사 이미지가 하늘을 날고 살리려 하면 바닥에 처박힐 겁니다."

"무슨 뜻이죠?"

장 사장이 물었다.

"거스를 수 없는 운명에 대적하는 건 순리를 어기는 일입니다. 자식궁의 불덩이가 재산궁의 콧날을 벼르니 허튼 자식 사랑을 택하면 재산궁에도 불이 붙을 겁니다. 다행히 불길이 세지 않으니 버려두시면 불은 오래 가지 않고 꺼질 겁니다."

"그러니까 홍 부장 말은 아드님을 버려라?"

권 이사가 끼어들었다.

"예!"

"아무리 젊은 사람이기로 그게 자식 가진 부모에게 할 말인 가?"

"저는 지금 제 손님의 관상을 보고 있습니다. 따라서 손님에게 유리한 답을 드렸습니다. 물론, 그 아드님이 손님으로 와서 물으신다면 거꾸로 답했을지도 모르겠습니다."

"······!"

이번에는 장 사장과 권 이사가 동시에 입을 쩌억 벌렸다.

"아들을 죽이라는 건가요?"

"그건 제 앞의 손님에게도 좋은 일이 아니지요. 저는 지금 사실 두 분 다 사는 길을 말씀드렸습니다."

"화끈하게 죽여라. 그게 어설픈 감싸기보다 낫다?"

장 사장의 말에 길모는 그저 고개를 숙여 보였다. 흔들림 없는 길모의 태도를 본 장 사장. 잠시 생각에 잠기더니 권 이사에게 지시를 내렸다.

"실무진에게 전화해서 인수 절차 밟으라고 하세요. 그리고 우리 애 대책반 해체하고 부장 직위도 파면 처리한 후에 스스로 검찰에 출두해서 조사받게 하세요. 변호사든 직원이든 일절 붙이지 말고요."

"파, 파면 말입니까?"

"내 말대로 하세요!"

장 사장은 돌덩이처럼 단단한 표정이었다.

"고마워요. 내가 어미된 탓에 잠시 본분을 잊었어요. 우리 아들은 사고 상황을 최대한 조작하고 둘러대서 넘어가고 그런 연

후에 잠잠해지면 회사를 인수하려고 했는데 어리석은 생각이었군요. 요즘 같은 시대에 혹시라도 갑질로 부각되면 아들도 잃고 회사 인수도 물 건너가는 것을…….”

“헤량해 주시니 고맙습니다.”

“생즉필사 사즉필생. 명언이었어요. 사람이 다 알고 있으면서도 잘 잊어버린다니까요.”

장 사장이 봉투 두 개를 꺼내 들었다.

“왜 두 개인 줄 아세요?”

“글쎄요…….”

길모는 짐짓 모른 척 대답했다.

“하나는 홍 부장님 실력이 그저 그럴 때 최 회장님을 생각해 예의상 마련한 거고 또 하나는 마음에 들었을 경우에 주려던 거예요.”

“…….”

“둘 다 드려요. 일을 멈추고 달려온 보람이 있네요.”

장 사장이 기꺼운 미소로 봉투를 내밀었다. 길모는 가벼운 묵례로 봉투를 받아 들었다.

100만 원!

1,000만 원!

[열 배 차이예요.]

장 사장이 떠나자 장호가 봉투를 개봉했다. 길모는 점잖게 한마디 보탰다.

"헤르프메에 입금시켜라."

그건 어차피 어렵게 오늘을 살아가는 사람들을 위한 것이었다.

[그런데 형.]

"응?"

[그 인간 연락 안 왔죠?]

"누구?"

[그 관상 사기꾼 말이에요.]

관상 사기꾼. 바로 백홍우를 이르는 말이다.

"오겠지."

[안 오면 저 차 우리가 타고 다녀요.]

"올 거다."

길모는 더 말하지 않았다. 잠시 타락했다지만 그도 관상가. 그러니 한때는 맑은 마음으로 수련에 임했을 일······.

그 한때의 맑음을 믿고 싶었다.

*　　　*　　　*

그날 저녁.

카날리아에는 굉장한 일이 벌어졌다.

"예?"

방 사장의 사무실에 모인 이 부장과 강 부장은 놀란 입을 다물지 못했다. 지난 달 매상에서 길모가 2등을 한 것이다.

"아, 사장님. 그게 말이 됩니까? 농담하지 마시고⋯⋯."

이 부장이 당장 딴죽을 걸었다.

"뭐가 농담이야? 그것도 서 부장과 간발의 차이로 2등이라고. 좀 분발 좀 해. 응?"

방 사장이 장부를 흔들었다. 이 부장은 몇 번이고 계산을 확인해 보지만 변하는 건 없었다.

"야, 홍 부장. 너 이거 사기 아니야?"

결국 길모를 볶아대는 이 부장.

"사기요?"

"룸도 꼴랑 두 개고 손님도 그리 붐비지 않았는데 이게 말이 되냐고?"

"왜요? 저는 매상 좀 올리면 안 됩니까?"

길모는 점잖게 응수했다.

"돼먹지 않게 꼼수 부리니까 그렇잖아? 너 사인 긁고 사채 박았지?"

이 부장은 수긍하지 않았다.

사채 박기!

이건 유흥가 웨이터들이 종종 벌이던 절대신공이었다. 요는 사인(외상) 때문이다. 특히 박스로 들어온 팀이나 배당을 받는 마담, 웨이터들은 매상보다 수금이 수입을 좌우했다.

예를 들어 기준 매상이 3천만 원인 웨이터가 매상의 30%를 받게 되었다면 수금액이 3천만 원이 안 되면 벌금으로 10%나 20%를 받게 된다. 그럴 바에는 사채를 끌어다라도 3천만 원을 채우는 게 낫다. 그래야 배당액 30%를 받게 되는 것.

"저는 그런 짓 안 합니다. 사채 빌릴 능력도 없고요."

길모는 이 부장의 시비를 일축했다.

"아, 이놈 진짜 보자 보자 하니까."

"형님, 방금 그 말, 너무하는 거 아닙니까?"

길모가 슬쩍 반격을 했다.

"뭐가 너무해? 그럼 이 장부를 다 믿으란 말이야? 네가 나나 강 부장보다 나아?"

"이 부장!"

침묵하던 서 부장이 나섰다.

"왜요? 이 자식이 잘한다 잘한다 하니까 꼼수나 쓰고 있지 않습니까? 이런 건 초장에 버릇을 잡아야 한다고요."

"꼼수 아니라 실력이야."

"⋯⋯?"

서 부장의 한마디에 바로 맥이 풀리는 이 부장.

"내가 꼼꼼하게 살펴봤는데 매상 부풀린 거 없어. 홍 부장도 많이 노력했고."

"형님!"

"어쩌면 우리 모두 홍 부장에게 배워야 할 거다. 요즘 보면 우리는 싸구려 룸싸롱 쪽으로 추락하고 홍 부장만이 텐프로에 걸맞는 퀄리티를 유지하고 있잖아?"

"⋯⋯!"

"다들 긴장해. 내가 사장님께 들었는데 홍 부장이 매상 톱을 선언했대."

"예?"

이번에는 강 부장과 이 부장이 동시에 소리쳤다.

"손님 대하는 매너, 관상을 접목한 응대, 거기에 새로 온 에이스들까지… 옛날의 홍길모가 아니니까 정신 바짝 차리자고. 이러다 3대 천황 위에 홍 천황이야."

"아, 그게 말이 됩니까?"

이 부장의 목소리에 짜증이 담겨 나왔다.

"처음에는 나도 긴가민가했지만 이제 현실이야. 인정 안 하려면 각자 거시기 빠지게 뛰는 수밖에."

"아, 그게 말이지… 흠!"

가만히 지켜보던 방 사장이 나선 건 그때였다.

"기왕 말 나왔으니 까놓고 가자고. 길모가 톱 선언한 거 맞아. 그리고 매상 톱 되면 특별 대우 해달라고도 했고."

"특별 대우요?"

"솔직히 요즘 우리 카날리아에 손님들 물이 좋아졌잖아? 그동안 세 부장이 애쓴 건 알지만 최근 큰손들은 거의 다 길모 손님이야. 이렇게 나가지 않으면 텐프로 희망 없어. 다들 알잖아?"

"사장님……."

"난 프로야. 너희도 프로고. 그러니 프로답게 가자고. 미리 말하는데 난 매상 많이 올리는 놈 편이야. 내 말 틀렸나?"

"……."

"경쟁하라고. 우리가 이렇게 안주할 때가 아니야. 여의도 텐프로도 나가자빠지고 강남 1%도 다 두 손 들고 있어. 이럴수록 우리도 정신 차려야지. 막말로 너희나 나나 이 짓 그만두면 뭐 해먹고 살 건데? 일당 6만 원에 노가다 뛸래?"

"……."

"나가 봐."

방 사장의 말은 끝났다. 카날리아 안에는 그의 말이 곧 법이다. 워낙 맺고 끊는 게 확실하니 서 부장도 이의를 달지 않는 게 보통이었다.

"야, 홍길모."

복도로 나오기 무섭게 이 부장이 길모를 불렀다.

"왜요?"

"뭐? 감히 우리를 넘봐?"

"……."

"좋아. 기왕 이렇게 된 거 합종연합이다."

"합종연합요?"

"누구든 새 손님이 오면 에이스들 쫘악 데려가 인사시키자고. 누이 좋고 매부 좋은 일이잖아?"

이 부장, 길모를 탓하지만 혜수와 홍연을 탐낸다는 증거였다. 그렇지 않다면 이런 제의를 할 일이 없었다.

"그러죠."

길모는 흔쾌히 응했다. 에이스만 뽑아 새 손님에게 인사시키기. 그건 카날리아 전체적으로는 바람직한 일이었다. 물론 에이스들은 늘 바쁘지만 손님들에게 '다음에 가면' 이라는 희망을 줄 수 있기 때문이었다. 하지만 길모는 단서 조항을 붙였다.

"단 저는 협조하지만 제 룸에는 적용하지 않겠습니다."

"어이구, 이놈이 이제 간이 배 밖으로 나왔네. 오냐, 무슨 꿍 꿍이인 줄은 모르지만 네 마음대로 해라. 어차피 너만 손해니 까."

이 부장은 코웃음을 쳤다.

"뭐 그건 홍 부장이 원하면 그렇게 해도 되고… 그런데 이 부장, 거 말 좀 조심해. 길모도 이제 어엿한 부장인데 손님들 듣겠 어."

옆에 있던 서 부장이 이 부장에게 눈총을 줬다.

"알았습니다. 에이……."

이 부장은 짜증을 남기고 돌아섰다.

"고맙습니다. 형님!"

강 부장까지 룸으로 들어가자 길모는 서 부장에게 인사를 건 넸다.

"고맙기는 다들 기본을 안 지키니 말이야."

"그리고 죄송합니다. 감히 형님들에게 도전장을 던져서요."

"홍 부장이 왜? 나는 좋기만 하구만."

"네? 좋다고요?"

"홍 부장 없었어 봐? 솔직히 경기가 경기다 보니 텐프로도 내 리막인가 보다 하고 대충 묻어갔을 거야. 그런데 홍 부장이 선 방하면서 새로운 고객 창출에 성공하고 있잖아?"

"그게 그렇게 되는 건가요?"

"당연하지. 홍 부장 고객으로 온 사람들, 누군가 비즈니스할 곳을 찾으면 여길 권할 거라고. 하지만 홍 부장과 궁합이 안 맞는 손님도 있을 테니 그런 손님은 우리 차지가 되는 거고."

"아, 전에 제가 형님들이 모시기 싫은 손님을 처리하던 것처럼… 읍!"

말을 하던 길모가 입을 막았다. 하마터면 실수를 할 뻔한 것이다.

"괜찮아. 그거 사실이잖아?"

서 부장은 사람 좋게 웃었다.

"고맙습니다. 이해해 줘서."

"고맙긴… 지금 잘하고 있으니까 네 구상대로 쭉쭉 밀고 나가라. 메뚜기도 한철이라고 잘나갈 때 한몫 잡아야 해."

"예!"

길모가 대답했다. 어쩌면 서 부장은 길모의 속내를 아는 것만 같았다. 우리 에이스는 빌려주지만 다른 에이스는 필요 없다. 왜냐하면 그렇게 되면 길모의 룸 운영에 차질이 생긴다. 예컨대 1번 룸에 민선아와 윤창해가 들어온다면? 그냥 술을 마실 거면 상관이 없지만 관상의 차별화는 저렴해진다. 길모가 이 부장에게 못을 박은 것도 그것 때문이었다.

아무튼!

기분 좋았다. 서 부장의 코밑까지 추격한 매상. 한두 팀만 더 받았더라면 추월할 수도 있었다. 더구나 이제는 누구에게도 꿀리지 않는 에이스가 갖춰졌다.

'이달부터는.'

이제 선전포고가 공개된 마당. 길모는 후끈, 의지를 불태웠다.

[형, 손님…….]

재벌 3세의 전화를 받고 견적을 뽑아줄 때 장호가 수화를 그렸다.

"손님?"

돌아보니 손님은 이미 카운터 앞에 있었다. 전에 들렀던 정치인들, 김 변호사와 최 위원장, 그리고 그들 뒤에 중후한 장년 한 사람까지 셋이었다.

"어이구, 여기 이런 데가 있었나?"

1번 룸에 입실한, 정태수라 소개한 장년은 겉보기에는 소탈해 보였다. 척 봐도 오늘의 갑. 길모는 가벼운 예로 손님을 맞았다.

'그때 말하던 공천권을 쥔 거물이신가 보군.'

고개를 들던 길모는 갑자기 시선을 멈췄다.

"……?"

신호였다.

전처럼 요란스러운 울림은 아니었다. 하지만 확실하게 감이 왔다. 또 한 명의 기부예정자(?)와 마주한 것이다.

'이 사람도 파렴치한 부패로 치부한 인간?'

본능적으로 슬쩍 관상을 보는 길모. 그예 철렁 가슴이 무너지고 말았다.

'상이 없다.'

길모는 등짝을 흘러내리는 식은땀을 느꼈다. 다시 한 번 봐도 마찬가지였다. 삼정에 사독, 오악과 육요까지… 나아가 12가지 운명을 읽는 십이궁도 실체적인 느낌이 오지 않았다.

'눈에 이상이 생겼나?'

길모는 천천히 눈을 감았다 떴다. 그래도 변하는 건 없었다. 잡힐 듯 하다가 무너지는 신기루 같은 얼굴이 아닌가?

'아뿔싸, 이 사람은 무상(無相)이다.'

얼굴은 있되 읽을 수 없는 관상. 기괴한 인간이 등장했다.

무상(無相)!

한 부분이라도 파악하려고 하면 눈앞에 안개가 피었다. 다시 감았다 떠도 소용이 없었다. 혹시나 싶어 김 변호사와 최 위원장을 보자 답이 나왔다. 눈에는 이상이 없었다. 전혀!

길모는 복도로 나왔다. 그런 다음 맥없이 벽에 기댔다. 신묘막측의 파워를 자랑하던 관상 능력. 그것으로도 읽을 수 없는 관상을 가진 사람.

하지만!

눈과 손은 신호를 보내왔다. 부패한 인간이라고. 저 인간의 파렴치한 치부를 벗겨 헤르프메에 보내라고. 그래서 억울하고 고통받는 사람들을 구하고 도우라고.

화장실에 들어선 길모는 거울을 보았다. 눈은 그대로다. 핏발

한 줄기 없었다. 찬물을 틀어 세수를 했다. 그때 서 부장이 들어
왔다.

"피곤해?"

"아, 아뇨. 그냥요."

"너무 무리는 하지 마라. 돈보다 건강이야."

"예!"

대답을 하고 화장실을 나왔다.

[형, 왜 그래요?]

뭔가 낌새를 차린 장호가 다가왔다.

"내 눈 이상하냐?"

[아뇨. 똘망똘망한 걸요.]

"그렇지?"

[왜요? 눈 아파요?]

"아니, 그냥⋯⋯."

[잠을 많이 못 자서 그런 거 아닐까요?]

"그런가 보다."

길모는 그 길로 대기실 문을 열고 들어갔다. 아가씨는 혜수와
승아에 세정이를 붙였다. 모처럼 1번 룸에 들어가게 된 세정이
가 반색을 했다. 카날리아의 판도가 바뀌었다. 전 같으면 서 부
장의 7번 룸이 골든 룸이었다. 잘하면 100만 원짜리 팁도 간간
히 나왔다. 지금도 그렇긴 하지만 1번 룸에서는 골드바까지 나
왔다. 더구나 혜수가 기세를 올리고 있었다. 아가씨들도 혜수에
대한 경계심을 풀었다. 그 자신이 잘나가는 에이스가 아닌 바에

는 떠오르는 혜수를 적으로 두는 건 자살행위에 다름 아니었다.

"잠깐만!"

길모는 맨 뒤에서 걸어가는 혜수의 손을 잡았다. 다른 날과 달리 특별히 당부할 일이 있었다.

김 변호사와 최 위원장은 저번보다 깍듯하고 적극적이었다. 그들의 공천권을 쥐락펴락하는 거물. 그러니 이런 기회에 눈도장을 박아야 했다.

"잘 좀 부탁하네."

김 위원장은 이미 길모 주머니에 5만 원짜리 몇 장을 쑤셔 넣어 놓았다. 한마디로 정 의원 기분 좀 팍 풀어달라는 뜻이었다.

"홍 부장님!"

얼마가 지나가 혜수가 나왔다. 2번 룸에서 손님 오더를 받고 나오던 길모가 다가왔다.

"좀 들어오시래요."

"내가 부탁한 건?"

"완전 돌부처인데요?"

"그래?"

길모의 안색이 어두워졌다. 혜수 또한 별다르게 알아낸 게 없는 모양이었다.

"금방 들어갈 테니까 먼저 들어가."

길모는 혜수 등을 밀었다. 그런 다음에 주차장으로 나왔다. 차는 비어 있었다. 길모의 지시를 받은 장호가 서비스라며 길 건너 국밥집의 식권을 건넸던 것이다.

길모는 차를 닦는 척하며 차 안을 체크했다. 다행히 블랙박스는 전방형이었다. 설렁설렁 먼지를 훑어내며 차 안을 보았다. 별다른 게 없었다.

'변호사… 일없이 그냥 나왔다 들어가지는 않았을 텐데?'

슬쩍 주변을 살핀 후에 트렁크를 열었다. 안에는 골프 가방이 두 개 들어 있었다.

"……?"

한 골프 가방 안에 돈이 있었다. 5만 원 권이 가득한 게 적어도 몇 억은 될 것 같았다. 그런데, 돌발 상황이 발생했다. 불쑥 위원장이 나온 것이다.

그는 자기 트렁크를 열어 상자 하나를 꺼냈다. 그런 다음 의원의 차로 다가와 트렁크를 열었다. 장호가 카운터에 보관한 키를 가지고 온 모양이었다.

"휘이이 휘이!"

상자를 트렁크에 실은 위원장은 휘파람을 불며 안으로 들어갔다. 뒤쪽의 차량 옆구리에 바짝 붙어 있던 길모가 천천히 모습을 드러냈다.

박스도 현금이었다. 맨 위에만 정책보고서라고 쓴 논문 몇 권으로 덮인…….

"찾으셨습니까?"

숨을 돌린 길모는 시치미를 뚝 떼고 1번 룸으로 들어섰다.

"아, 어디 갔었나? 한참 찾았잖아?"

변호사는 몸이 달아 있었다.

"죄송합니다. 손님들이 계속 찾아서요."

"됐고, 우리 정 의원님 관상 좀 봐주시게나."

거두절미하고 바로 질러 버리는 변호사. 길모에게는 올 것이 온 순간이었다.

무상!

겸손한 미소로 다시 한 번 주목하는 정태수의 얼굴. 삼정, 사독, 오악, 육요에 십이궁… 모든 것은 아까와 다르지 않았다. 읽으려 하면 낮아지고 확인하려 하면 기색이 엉켜 버렸다. 그때 구원투수가 등장했다. 바로 혜수였다.

"제가 보니까 의원님 관상은 딱 공자님이세요!"

변호사와 위원장, 혜수의 낭랑한 목소리에 시선이 옮겨갔다.

"제가 봐드려도 되죠? 복채는 술 한 병 추가예요."

혜수는 몽환적인 미소로 정태수를 바라보았다. 길모에 대해 큰 관심 없이 따라온 정태수. 미녀가 보겠다는데 굳이 마다할 이유가 없었다.

"공자상이라?"

의원이 호응해 왔다.

"덕전색후이니 어찌 공자상이 아니겠어요? 잠깐 모셨지만 정말 존경스러워요."

덕전색후(德前色後)!

덕이 색을 앞서 간다는 말. 이는 공자를 둘러싼 한 일화에서 비롯된 일이었다.

춘추전국시대, 위나라 영공의 부인은 음탕한 여자였다. 그는 송나라 공주 출신인데 처녀 시절에 이복오빠와도 정을 통할 정도였다. 뿐만 아니라 영공과 혼인한 후에도 그를 불러 가까이 두었다.

바로 이때 여러 나라를 떠돌던 공자가 위나라에 들어왔다. 부인은 갖은 방법을 동원해 공자를 유혹하려 했지만 실패하고 말았다. 유혹에 실패한 부인은 공자에게 복수할 기회를 노렸다.

마침 영공이 국정 시찰을 위해 화려한 두 대의 마차를 마련하자 부인이 한 대를 냉큼 차지해 버렸다. 영공이 나무랐지만 영공쯤은 손에 넣고 주무르던 부인은 콧방귀만 뀔 뿐이었다. 공처가인 영공은 부인을 당하지 못해 하는 수 없이 평범한 수레 한 대를 준비하도록 명령했다.

공자의 제자들은 분을 삭이지 못했지만 공자는 말없이 뒤에 마련한 수레에 올랐다. 이것을 본 백성들은 색이 덕을 앞서간다며 한탄했다. 소위 색전덕후(色前德後)의 모양새였다.

"내가 그랬단 말이냐?"

혜수의 설명에 정 의원은 반색을 했다. 이유야 어쨌든 공자에 비견된다는 건 나쁜 일이 아니었다. 더구나 그는 정치인이 아닌가?

선무당이 사람 잡는다더니, 이런 경우라면 선무당도 쓸모가 쏠쏠했다.

"사실 다들 술 한잔 걸치시면 손가락으로 아가씨 몸에 대고 피아노 연주를 하잖아요. 때로는 건반을 넘어버리는 분들도 계시고요. 그런데 의원님은 점잖고 신사이시니 한 가지만 봐도 백

가지를 알 수 있지요. 제가 국회의원들은 별로 좋아하지 않는데 정 의원님은 예외인 것 같아요."

"어이쿠, 이거 이런 말 듣고 내가 그냥 있을 수 없지."

정태수가 지갑을 꺼내 들었다. 그는 아가씨 세 명에게 각각 5만 원 한 장씩을 돌렸다.

"의원님, 괜찮습니다. 저희 팁은 술값에 다 포함되어 있는 걸요."

혜수는 유나보다도 노련하게 팁을 거절했다. 애들 '까까값' 을 내놓느니 네 택시비에나 보태라는 뜻이었다.

"적어서 그런가? 그럼, 이건 어떤가?"

정태수가 꺼내든 건 100만 원 수표였다.

"의원님이 이러시니 택시비로 알고 받겠습니다."

혜수는 두 번 사양하지 않았다. 승아와 세정이 혀를 내두르 처세였다.

술은 두 병이 더 들어갔다.

밴드도 불렀다.

김 변호사가 나와서 길모에게 장타를 주문한 까닭이었다. 정 태수는 끝까지 허물어지지 않았다. 끝까지 매너도 지켰다. 혜수 와 블루스를 춘 게 고작이었던 것이다. 길모에게는 이래저래 다 행이었다. 다시는 관상 이야기가 나오지 않았기 때문이었다.

"또 모시기를 희망합니다."

밤이 깊어졌을 무렵, 길모는 혜수 등과 함께 세 정치인을 배

웅했다. 출발에도 차례가 있었다. 정 의원이 먼저였고 변호사와 위원장이 그 뒤를 이었다.

[장호야!]

아가씨들이 계단으로 내려가자 길모가 신호를 주었다. 장호는 바로 헬멧을 눌러쓰고 오토바이에 올랐다.

"덕전색후… 멋졌어."

복도로 들어온 길모는 혜수에게 엄지를 세웠다.

"그거 저 시험한 거 아니었어요?"

"시험?"

"부장님이 관상 봐줄 사이즈가 아니니까 네가 해라, 그런 거?"

"응?"

"저 인간, 사실 덕전색후가 아니라 색전덕후였어요. 그거 알고 스스로 극복해 봐라 하고 침묵하던 거잖아요."

"……."

"딱 두 잔 마시더니 아주 은밀하게 피아노 치기 시작하더라고요. 그래서 한마디 해준 거예요. 찔리라고 말이죠."

"그랬더니 먹혔어?"

"양심에 찔리는지 그 뒤로는 얌전했어요. 아우, 닭살……."

혜수는 몸서리를 치며 돌아섰다. 의도하지는 않았지만 아무렇든 손발이 맞은 상황. 나아가 혜수의 순발력이 놀라웠다. 적재적소에 들어맞는 일화로 상대방을 기분을 건드리지 않고 모시기. 승아나 유나에게는 기대할 수 있는 신공이 아니었다.

장호가 돌아오기 전, 길모는 반가운 전화를 받았다. 모상길이 었다.

─룸 하나 있나?

"오십시오. 없으면 새로 지어라도 놓겠습니다."

길모는 기꺼이 대답했다. 마침 무상에 대해 궁금증이 생긴 차. 그러면 힌트라도 얻을 수 있을 것 같았다.

반가운 마음에 길모는 아예 밖으로 나와 모상길을 기다렸다. 얼마나 지났을까, 차량 한 대가 들어왔다. 모상길이었다.

"모 대인님!"

길모는 정중히 모상길을 맞았다. 모상길은 모자를 눌러쓴 중년과 함께 내렸다.

"잘 있었나?"

모상길이 손을 내밀었다.

"그럼요. 대인님도 건강하시죠?"

"나야 무탈하지. 천 회장 다녀갔다고?"

"다녀가다 뿐입니까? 다른 손님까지 소개해 주셨습니다."

"뭐, 고마울 거 없네. 인생지사여수(人生之事與受)라고 했으니 그 양반도 그만한 득이 있어 그러는 것이라네."

"그런가요?"

"당연하지. 홍 부장이 그저 그런 웨이터라면 그 양반이 그럴까?"

모상길이 정곡을 찔렀다.

"과찬이십니다. 저야 관상이나 주절거리는 재주밖에……."

"아무튼 들어가세."

모상길이 계단을 가리켰다. 길모는 바로 앞장서서 길을 텄다.

"이번에는 진짜 관상가셔. 배울 것도 많을 테니까 재주껏 해."

혜수를 불러낸 길모가 말했다.

"특명 같은 거 없어요?"

"전혀!"

"이분이 부장님보다 세요?"

"글쎄, 그건……."

거침없이 물어대는 혜수. 길모는 대충 말을 흐렸다. 나름 일가를 이룬 모상길. 그의 능력의 끝을 알 수는 없지만 그렇다고 위축되지는 않았다. 길모는 호영을 믿었다.

혜수와 승아가 1번 룸에 들어섰다.

"불접화(不接花)로구나."

혜수를 본 모상길의 입이 벌어졌다. 하지만 그는 혜수를 옆에 앉히지 않았다.

"새 꽃을 봤다고 전의 꽃을 버릴 수는 없는 일. 늙어도 지조는 지켜야지."

그의 선택은 승아였다. 사실 그건 혜수에게 행운의 선택이었다. 모상길은 관상의 대가. 그렇다면 옆에서 보는 것보다 앞에서 보는 것이 나았다.

그런데 그 또한 모상길의 배려였다. 나중에 안 일이지만 이날 모상길은 혜수의 관상을 읽었다. 그렇기에 그녀의 기재를 보기 위해 앞에다 앉혔던 것이다.

"자, 꽃을 앉혔으니 이제 술을 시켜보시게. 오면서도 말했지만 술값은 그리 녹록치 않은 곳이라네."

모상길은 등을 뒤로 젖히며 느긋하게 동행자를 바라보았다.

"모 대인님 말씀에 여기 들어오면 홍 부장에게 일임하는 게 좋다고 하시더군요. 저희 주머니 형편대로 알아서 가져오시죠."

주머니 형편.

거기서 길모의 머리에 불이 켜졌다. 시작부터 만만치 않은 오더였다. 척 보고 돈 좀 있는지 아닌지 알아맞히라는 것 아닌가?

"아, 실내에서는 모자를 벗는 게 예의인가?"

길모가 주저하자 중년이 모자를 벗어들었다. 그건 또 하나의 충격이었다.

'오, 마이 갓!'

길모의 입에서 소리 없는 한숨이 터져 나왔다. 또 하나의 무상(無相)이 거기 있었다. 시원하고 수려하여 조각 같지만 읽혀지지 않는 관상. 보일 듯하다가 그대로 가라앉아 버리는 관상…….

"우!"

하루 두 번이나 무상과 마주친 길모. 그 다리가 후들거리기 시작했다. 그 흔들림 사이로 모상길의 눈빛이 파고들었다. 그는 올빼미의 눈처럼 길모를 쏘아보고 있었다.

혼란스러움을 떨치기 위해 길모는 잠시 눈을 깜박였다. 너무 빨리 깜박였을까? 중년의 관상이 잔상으로 비쳐 왔다. 코였다.

"잠시만 기다려 주십시오."

길모는 룸을 나와 주류창고의 문을 열었다. 길모는 새로 들어온 술을 바라보았다. 구하기 쉽지 않은 루이 13세와 눈이 닿았다. 딱 한 병이었다. 길모의 손은 그 병을 집었다. 그냥 그랬다.

루이 13세!

길모가 세팅한 건 그 술이었다. 룸에서는 적어도 천만 원 이상을 받아야 하는 고가. 길모는 엷은 미소로 술을 내려놓았다. 아직 돌아오지 않은 장호를 대신해서.

술을 바라보던 중년의 입꼬리가 올라가는 게 보였다. 여기까지는 운이 좋았다.

"모 대인님 말씀에 20세기와 21세기를 통틀어 가장 신묘한 관상귀신이라더니 그 말이 딱이로군요. 지갑 속의 돈까지 맞추니 말입니다."

중년은 기꺼운 미소로 지갑 속의 수표를 전부 꺼내놓았다. 1,600만 원이었다.

"오늘은 급히 나오느라 지갑이 얇으니 이 돈 대로만 마시게 해주시기 바랍니다."

중년이 수표를 통째로 내밀었다. 주로 재벌가의 젊은이들이 기분을 낼 때 하는 견적 스타일이었다.

'여기에 맞춰주세요!'

물론 전혀 문제될 게 없었다.

"한 잔 받으시게."

빙그레 웃고 있던 모상길이 길모에게 술을 권했다.

"관상왕을 위하여!"

모상길이 건배를 제창하자 일동 잔을 비워냈다.

"관상왕은 과찬이시고……."

술잔을 비워낸 길모가 천천히 말꼬리를 붙였다.

"오신 김에 질문이 있습니다."

"질문?"

모상길이 시선을 들었다. 담담하게 마주친 두 개의 시선. 그 시선에 남은 시선들이 올라탔다. 그중에서도 혜수의 눈빛이 가장 초롱거렸다.

"상법에 무상이라는 게 있습니까?"

"무상?"

"제가 아직 일천하여 모르는 상이라……."

길모는 겸허한 마음으로 물었다. 눈앞에 앉아 있는 또 한 사람의 무상. 모상길은 알고 있을까? 아니면 그도 몰라서 데리고 온 걸까? 길모의 눈은 모상길에게서 떨어지질 않았다.

"무상이라?"

모상길이 술을 넘겼다. 길모는 그런 그를 바라만 보았다.

일 배!

이 배!

삼 배!

거기서 그칠까 싶었지만 모상길은 사 배까지 달렸다.

"홍 부장!"

술잔을 내려놓은 모상길이 비로소 길모를 바라보았다.

"예, 대인님!"

"한 가지 묻겠네."

"예⋯⋯."

"정녕 몰라서 묻는 것인가? 아니면 이 늙은 기재를 시험해 보려는 것인가?"

모상길이 길모를 바라보았다. 신기하게도 그의 눈 또한 텅 비어 있다. 그러니 그 또한 무안이었다.

"그 말씀의 뜻은⋯⋯."

복잡했다. 내공이 깊은 사람들의 말은 그 안에서 갈래를 치고 있었다. 그러니 겉과 속이 다른 경우가 많아 허투루 대답하다가는 실없는 인간이 되는 것이다.

"그대, 무상을 읽었지 않나?"

"⋯⋯?"

"이미 읽었네. 그러니 어떤 대상을 안다는 것은 그 실체 또한 안다는 것이 아닌가?"

모상길이 묵직하게 말했다.

"⋯⋯."

길모는 잠시 말문이 막혔다. 명쾌하지는 않지만 틀린 말은 아니었다. 호랑이를 모르는데 어찌 내가 본 것이 호랑이인 것을 알 일인가?

"대인님⋯⋯."

"찬찬히 정리해 보시게. 홍 부장은 이미 무상을 알고 있네."

"……."

모상길은 당황해하는 길모를 보며 부드럽게 웃었다.

그 밖의 세 명의 입가에도 미소가 피어올랐다. 선문답을 주고받는 길모와 모상길. 그런 자리라면 빙그레 웃음만 한 맞장구가 따로 없었다.

길모의 눈은 다시 중년에게 향했다.

웃고 있다.

그러나 그건 여전히 흡사 로봇이나 인형의 미소처럼 보였다.

"대인님!"

길모가 모상길을 바라보았다.

"대인님의 말씀이 뭘 의미하는지는 알겠습니다. 하지만 제가 여기 사장님을 보고 무상이라고 생각한 건 제가 읽을 수 없는 관상이기에 그러한 것입니다."

"나도 아네."

"예?"

"하지만 내 말 뜻은 아까 한 것과 같네. 홍 부장은 무상을 이미 알고 있네."

"그 말뜻은?"

"읽을 수 있다는 것이네!"

모상길은 여전히 단정적이었다. 너는 할 수 있다. 그걸 왜 모르느냐? 부드러운 말로 그걸 강조하고 있는 것이다.

"대인님……."

길모는 모상길에게 꽂힌 시선을 떼지 않았다. 그는 알고 있는 게 분명했다. 무상과 더불어 무상을 읽는 방법까지도. 그렇지 않다면 이렇게 단정적으로 말할 수 없는 것이다.

"홍 부장……."

모상길은 술을 한 잔 더 넘기며 말을 이었다.

"인생무상이란 말은 알고 있지?"

"예……."

"왜 무상일까? 인생은 이렇게 매 순간의 알록진 기억으로 가득할 텐데……."

"그건… 달관이 아닐까요? 다 해보았더니 특별히 새로운 게 없더라……."

"그것 보시게. 무상의 의미를 알고 있지 않은가?"

"그럼?"

"우리 주 사장… 관상이 어떤가?"

"……."

"편안하게 말씀해 보시게. 자네를 곤란하게 하려는 건 아니니까."

"무상입니다."

"상은 있되 상이 없다. 즉 얼굴이 있되 읽을 수 없다?"

"예……."

"그러면 홍 부장은 그게 무상인 줄 어떻게 알았나?"

"그야 읽을 수 없으니……."

"아닐세. 홍 부장은 읽을 수 있네. 왜냐하면……."

"······?"

"사실 나는 주 사장 관상이 무상인 줄도 모른다네."

"예?"

"나는 주 사장 관상을 그냥 읽는다는 뜻일세."

'읽어?'

난해한 답이 나왔다. 관상을 읽는다? 그럼 역시 모상길은 무상을 읽어내는 능력자?

"사람, 뭘 그렇게 감탄해 마지않나? 무상인 관상을 읽으니 간단히 말해서 엉터리로 읽는 것 아니겠나?"

"······?"

길모의 뇌리에 충격파가 스쳐 갔다. 너무나 간단하면서도 생각지도 못한 말이었다.

무상을 읽는다.

읽을 능력은 없다.

결국 엉터리 관상을 보았다.

바로 그 말 아닌가?

"자네를 찾아온 보람이 있었군. 무상을 바로 알아채다니······."

"대인님······."

"간단히 말하지. 자네는 무상을 읽을 능력이 있네. 다만 상에 집착하지 마시게. 인간상의 마지막 단계가 무엇인가?"

"그야··· 심상."

"그렇지. 그러니까 자네는 심상을 보시면 되네."

'심상?'

길모는 모상길의 얼굴에서 시선을 떼지 못했다. 모상길은 빙그레 웃으며 계속 말을 이어갔다.

"자네라면 가능하네. 부분에서 전체로, 전체에서 부분으로. 얼굴이란 신체에 비례하는 것이니 거꾸로 신체에서 얼굴을 알 수 있지 않겠나!"

'부분에서 전체?'

길모의 머리가 팽팽 돌아가기 시작했다. 머리는 밖으로부터 시작하여 안으로 치달았다. 부분에서 전체? 그건 대체 무슨 뜻일까? 길모는 잠시 생각에 잠겼다. 그러자 머리 안의 파동이 온몸으로 번져 갔다.

그날!

호영의 49제에서 받아들이던 신묘막측의 능력.

그 능력들 중에서 한 번도 건드리지 않은 심연의 것들이 우수수 일어서기 시작했다.

'부분에서 전체!'

"……?"

엄청난 섬광과 함께 각성이 뒤따랐다. 그 말은 완전 정답이자 진리였다.

부분에서 전체로!

'아!'

길모의 입에서 가는 탄식이 새어 나왔다.

관상!

이는 어떻게 형성이 되었던가?

삼정, 사독, 오악, 육요…….

이들은 모두 주위와 조화를 이루며 형성이 된다.

예를 들면 이마는 흉곽, 자녀궁은 빗장뼈, 관록궁은 뒤통수와 엉치뼈, 복덕궁은 승모근, 코의 재백궁은 척추가 반듯해야 좋은 상을 가지게 되는 것.

바꾸어 말하면 인체를 종합해 보면 얼굴상을 알 수도 있는 셈이었다. 그야말로 부분에서 전체를, 전체에서 부분을 이끌어내는 법이 아닌가?

"이제 감이 오시나?"

모상길이 웃었다. 길모는, 비로소 고개를 끄덕거렸다. 그 원리를 끄집어낸 것이다.

"그나저나 재미있군. 우리 홍 부장, 주 사장을 보기 전에 또 다른 무상을 본 것 같으니……."

"예… 조금 전에……."

"어이쿠, 하긴 요즘이라면 그럴 만도 하지."

"예?"

"아닐세. 그래서? 그 양반의 관상을 못 읽었나?"

"예……."

"그럼 이제 한 번 읽어보시게."

모상길의 시선이 주 사장에게로 옮겨갔다. 동시에 혜수와 승아의 눈도 주 사장을 바라보았다.

"에라, 모르겠다. 기왕 모델이 되는 거 잘 좀 봐주시오!"

주 사장이 얼굴을 내밀었다.

'부분에서 전체……'

그렇다면 얼굴은 필요가 없었다. 인체에서 미루어 얼굴을 파악해야 하는 것.

'될까?'

길모는 마른침을 넘겼다. 혜수의 목에서도 꼴깍 침 넘어가는 소리가 들렸다. 길모는 집중했다. 주 사장의 손끝에서 발끝까지. 그리고 눈 속에 그 형상을 종합해 얼굴을 그렸다.

그러자 얼굴 하나가 엿보였다.

놀랍게도, 그건 지금 길모 앞에 있는 얼굴과 느낌이 달랐다.

'으헉!'

너무 집중한 걸까? 새로운 얼굴이 파악되기 무섭게 길모가 휘청거렸다.

"어이쿠, 마침내 읽어낸 모양이군."

모상길은 기다렸다는 듯이 박수를 쳐주었다.

"……?"

"보았지?"

천천히 묻는 모상길. 길모도, 천천히 고개를 끄덕여 주었다.

"이제 알겠나? 무상의 정체?"

"……"

"괜찮네. 느낌대로 말하시게."

"얼굴 전체 성형……"

길모의 입이 열리자 혜수와 승아가 소스라쳤다. 하지만 그와는 반대로 주 사장은 호탕하게 웃어 재꼈다.

"와하하핫!"

"어떠신가? 주 사장."

"과연… 현존 최고의 관상대가라고 칭할 만하군요. 제 정체를 알아차리다니…….."

모상길과 주 사장이 대화를 나누는 사이에도 길모는 가늘게 경련하고 있었다. 이런 일은, 처음이었다. 부분 성형도 아니고 완전 성형이라니?

"이 친구가 꽤 오래전에 대형 사고를 당했다네. 그때 얼굴에 문제가 생겨서 전체 성형을 했지. 그런데 보통 관상가들은 그것도 모르고 나불거리거든."

모상길이 사연을 설명했다. 길모는 그제야 깊은 날숨을 토해 냈다.

"받으세요. 과연 1,500만 원 술값이 아깝지 않은 실력입니다."

주 사장이 술잔을 내밀었다.

"그럼 그걸 시험하시려고?"

길모가 모상길을 바라보았다.

"기분 나쁘시다면 이해하시게. 주 사장 관상은 내가 사고 나기 이전에 봐주었지. 그런데 내가 홍 부장 자랑을 했더니 굳이 한 번 보자고 하는 통에…….."

"그러셨군요."

"기분 나쁘신가?"

"아, 아닙니다. 저도 공부가 된 일이라⋯⋯."

"아직 공부가 끝난 건 아니라네."

"예?"

"아까 이 친구의 속상(續相)을 보았지? 그걸 맞춰야 공부가 끝나는 것 아닐까?"

모상길이 의미심장한 미소를 지었다. 맞는 말이었다.

일이 이쯤 되자 혜수는 숨도 쉬지 않았다. 테이블 아래에서 열심히 메모하던 손도 멈췄다. 그녀 역시 이 신묘한 일에 완전히 몰입되어 있었다.

얼굴 전체 성형!

그러나 사전 정보는 전혀 없는 일.

그런데 그걸 아는 게 어떻게 가능하단 말인가?

코나 쌍꺼풀 정도라면 몰라도!

"⋯⋯!"

길모는 잠시 심안을 골랐다. 아까 보았던 주 사장의 원래 관상을 복기하는 것이다.

'상당수가 비슷하다.'

틀림없었다. 그는 얼굴 전체를 성형했지만 지나치게 꾸미지는 않았다. 본래의 얼굴에 맞춰서 수술을 한 모양이었다. 그걸 알고 나니 현재의 얼굴도 참고가 되었다.

그런데 왜?

처음에는 관상이 읽히지 않았을까? 그건 바로 인공미 때문이었다. 인공미가 잔뜩 가미되었기 때문에 상이 상으로 보이지 않은 것이다.

'사고는 39살······.'

'대운은 인생에 두 번··· 33세와 42세······.'

'재백궁과 관록궁의 기세로 보아 49세에 액운이 따를 상······.'

길모는 세 가지를 전해주었다. 그는 사업가 관상, 그러니 시시콜콜 모든 걸 말할 필요는 없었다.

"이야, 역시······."

주 사장은 엄지를 세워주었다. 무엇보다 사고를 당한 나이를 맞춘 게 신기한 눈치였다.

"49세에 쪽박 찹니까?"

"그가 물었다.

"그렇지는 않고, 지나치게 공격적인 투자만 아니면 될 것 같습니다. 파장이 아주 끊기는 것은 아니니 조금 휘청거리지만 잘 극복하리라 믿습니다."

길모는 나머지 설명을 이었다.

"이거 술맛 나는군요. 그렇잖아도 전에 모 대인님이 한 말이 마음에서 앵앵거리던 터였는데 수술 전과 후의 얼굴이 유사하다는 것까지 알고 나오니 100% 믿겠습니다."

주 사장의 눈길이 모상길에게 건너갔다.

"그러게 홍 부장이 나보다 백배는 낫다고 하지 않았나?"

"과찬이십니다."

듣고 있던 길모가 공손히 대답했다.

"아닐세. 나는 그저 비슷하게만 짚어냈지 홍 부장처럼 세밀한 맛이 없다네. 자네야말로 이 시대의 진정한 관상대가일세."

"고맙습니다."

길모, 가볍게 묵례로 칭찬을 받았다. 자꾸 말을 덧붙이는 것도 예의가 아닌 것 같았다.

"그건 그렇고, 내, 자네에게 사과도 해야 할 것 같네."

"사과라고요?"

"백홍우가 왔었지?"

"예?"

길모는 선뜻 대답하지 않았다. 그가 다녀간 건 사실이지만 좋은 방문이 아니었다. 더구나 아직 차까지 찾아가지 않고 있는 판이 아닌가?

"얘기 들었네. 자네에게 허무맹랑한 수작을 벌이다가 된통 당하고 갔다지?"

"그건……."

"미리 귀띔을 들었네만 그냥 두었네. 그 친구야말로 홍 부장의 능력을 뼈저리게 느낄 필요가 있는 사람이라서……."

"……."

"아무튼 한때는 내 제자였으니 내가 대신 사과하겠네. 그 친구, 관상을 눈이 아니고 입으로 배운 친구라서 말이야.

"저는 괜찮습니다."

"실은, 그 친구도 곧 올 걸세."

"예?"

"홍 부장에게 술값도 외상했다며? 이래저래 내가 정리할 게
있으니 번거롭더라도 이해하시게."

"예……."

길모는 2번 룸의 손님 때문에 잠시 복도로 나왔다. 장호도 그
즈음에 돌아왔다.

[형!]

"집은 알아냈냐."

[당연하죠.]

"어디야?"

[연희동요.]

"입지는?"

[망했어요.]

"망해?"

[전직 대통령집 골목이에요.]

"에?"

놀란 길모가 고개를 들었다. 전직 대통령집 골목이라면 경호
와 경비가 남다르다. 충분히 부담스러운 일이었다.

"알았으니까 1번 룸에 들어가 봐라. 빈 병도 치우고 필요한
거 채워드리고……."

[알았어요.]

길모는 한결 느긋해졌다. 무상을 해결한 것이다.

'부분에서 전체, 전체에서 부분으로!'

단 한마디지만 얼마나 고결한 가르침인가? 호영은 물론이거

니와 모상길 또한 대단해 보였다. 길모는 주머니에 꽂았던 명함 하나를 뽑아 들었다.

정태수!

그의 명함이었다.

이제 그의 실체를 알았다.

그 또한, 얼굴 전체 성형자였다.

제6장

성형 호랑이를 잡아라

정태수!

복도 끝에서 길모는 노트북을 두드렸다. 그는 국회의원. 더구나 실세에 속하니 이런저런 사진이 많이 나돌 것 같았다.

그런데 사진은 없었다. 인터넷에 나도는 건 그의 최근 사진들뿐이었다.

'오호, 인터넷 정리를 하신 모양이군.'

요즘 인터넷에는 잊힐 권리라는 게 등장했다. 다소 번거롭지만 검색 결과에서 원치 않는 결과를 지울 수 있다. 그는 권력자이니 그쯤은 어렵지도 않을 터.

이번에는 사고 뉴스를 검색해 보았다.

정태수의 사고는 없었다.

그래서 질러간 게 중고교 시절이었다. 이건 연예인들 소동에서 힌트를 가져왔다. 연예인들은 성형하는 사람이 많다. 하지만 용케도 중고교 시절의 생얼이 나돈다. 덕분에 팬들에게는 성형 전후의 모습을 신랄하게 비교할 수 있는 소소한 즐거움을 제공하기도 한다.

[형!]

장호가 1번 룸에서 나왔다.

"왜?"

[좀 들어오시라는데요.]

"알았어. 너 여기서 검색 좀 해봐라."

[뭐요?]

"정태수 국회의원 나리."

[알았어요.]

길모는 장호에게 의자를 넘겨주고 일어섰다.

"찾으셨습니까?"

룸에 들어선 길모가 물었다.

"거기 앉으시게. 불청객이 한 사람 도착할 걸세."

불청객!

아마 백홍우를 이르는 모양이었다.

"그럼 제가 가서 모셔오겠습니다."

"그럴 필요 없네. 그만한 가치도 없는 것이니……."

모상길이 잘라 말했다.

"아닙니다. 그래도 저보다 먼저 관상을 배우셨으니 사사롭게는 선배이고, 제 룸에 오시니 이유 불문 손님이십니다."

길모는 부드럽게 응대하고 일어섰다.

백홍우!

밖으로 나오니 그가 택시에서 내리는 게 보였다. 길모는 공손히 그를 맞았다.

배알이 없어서 그러는 건 아니었다. 웨이터 생활을 하다 보면 온갖 형태의 손님을 만난다. 더구나 진상 처리까지 맡았던 길모가 아닌가? 어떻게 보면 백홍우 정도는 귀여운 진상(?)에 불과했다.

"어서 오십시요!"

길모는 보통 손님을 대하듯 백홍우를 맞았다.

"험험!"

그래도 양심은 있는지 그는 헛기침부터 해댔다.

"모시겠습니다."

"거참, 나이 먹으면 단가? 왜 사람을 오라 가라 하는지……."

백 거사는 구시렁거리며 길모의 뒤를 따라왔다.

"앉거라!"

백홍우가 들어서자 모상길의 눈빛이 변했다. 조금 전처럼 따스하고 부드러운 눈빛이 아니었다. 백홍우는 가시방석에라도 앉는 듯 엉덩이를 삐죽거리며 자리를 잡았다.

"네가 여기 와서 네가 저지른 만행은 죄다 전해 들었다."

모상길의 묵직한 질책이 시작되었다. 길모는 한쪽에 서서 모상길의 처분을 지켜보았다.

"화호류구(畵虎類狗)한 소감이 어떠냐?"

화호류구, 호랑이를 그리려다 똥개를 그렸다는 뜻으로 길모를 누르려다 망신살이 뻗쳤음을 질책하는 모상길.

"……."

"네 하는 짓이 곱지 못하니 갈량수야새아(喝凉水也塞牙)로구나."

이번에는 물을 마셔도 목에 걸린다는 의미다.

"그래, 큰 그릇을 확인하니 이제야 찌부러진 눈이 떠진 게냐? 아니면 입에서만 익은 관상이 눈으로 옮겨가기라도 한 게냐?"

"……."

백홍우, 그래도 염치는 아는지 뭐라고 대꾸하지 않았다.

"전부터 내게 관상의 도를 보여 달라고 했었지?"

"……."

"이제 그 도를 눈으로 보니 어떠냐? 비록 나는 도달하지 못해 증명하지 못했으나 용맹정진하여 도달한 사람이 기어이 있지 않느냐?"

"……."

"네 스스로 나를 스승이라 부르기를 거부했으니 더는 너와 인연 삼지 않을 것이다. 그러나 네 이제 관상의 도를 보았으니 홍 부장에게 티를 남기지 말아야 할 것."

"……."

"어찌하겠느냐?"

"……."

"침묵한다고 해결될 일이 아니다. 네, 잘 알지 않느냐? 내가 너를 도울 수는 없겠다만 망칠 수는 있다는 것. 하지만 일찍이 너를 거둬들인 죄로 내 너의 허튼짓을 두고 보고 있다만 홍 부장의 도에 끼친 오물을 닦아내지 않는다면 내가 아는 지인들에게 두루 네 일을 알려줄 참이다."

"그, 그것만은……."

침묵하던 백홍우가 고개를 들었다. 백홍우는 관상으로 먹고 사는 사람. 그러니 그의 밑천이 드러나면 바로 영업정지를 먹는 거나 진배없는 일이다. 더구나 그 진원지가 모상길이라면 그건 사형선고와도 같았다.

"이 방에서 무슨 일이 일어났는지는 미주알고주알 캐묻지 않겠다. 여하간 네 빚이 있다면 깨끗이 청산하거라."

"스승님……."

"어허, 내 어찌 너의 스승이더냐? 네 입으로 버린 스승이거늘……."

"……."

"내 손으로 경찰을 불러줄까?"

모상길이 우묵하게 쏘아보자 백 거사는 마지못해 입을 열었다.

"아닙니다. 해결하겠습니다."

"내 눈앞에서 하거라."

모상길, 바로 닦아세운다.

"······."

"어허!"

"알겠습니다."

백홍우가 전화기를 꺼내 들었다. 그러더니 길모에게 계좌번
호를 요구했다. 길모가 가게 계좌번호를 주자 그는 화장실로 들
어갔다.

"못난 놈!"

모상길이 혀를 찼다.

백홍우는 오래지 않아 나왔다.

"확인하시게."

그가 길모를 바라보았다.

"입금되었대요."

길모의 지시를 받고 나갔던 혜수가 돌아왔다. 길모는 백홍우
의 차 키를 건네주었다.

"그럼······."

정산을 끝낸 백홍우가 모상길에게 건성건성 인사를 건넸다.
그는 한시 바삐 이 자리를 피하고 싶은 마음뿐인 모양이었다.

"오냐, 네놈은 역시 젯밥에만 관심이 있구나."

"······?"

"네 정녕 이 방에서 느껴지는 게 없단 말이냐?"

"무, 무슨······."

백홍우는 진땀을 뻘뻘 흘리며 방을 돌아보았다.

"한심한… 내게 그렇게 캐묻던 무상의 관상이 코앞에 있거

늘……."

'무상?'

모상길의 질책이 있고서야 백홍우의 시선이 주 사장에 꽂혔다. 다른 사람들은 이미 일면식이 있는 상태. 그러니 당연한 선택이기도 했다.

"개발에 주석편자로고. 네 복은 거기까지니 공연한 에너지 낭비 말고 가보거라."

"그럼 이 상이 바로?"

백홍우의 눈이 떨리기 시작했다. 도를 이루지는 못했지만 그역시 관상으로 밥벌이를 하는 사람. 잘은 몰라도 감은 잡는 모양이었다.

"네 그 상을 읽을 수 있겠느냐?"

모상길이 물었다.

"이 상은……."

백홍우는 웅얼거리던 말을 더 진행하지 못했다. 눈에 환히 보이는 얼굴. 스승이 설마 그걸 읽으라고 하는 건 아니라는 걸 백홍우도 모르지 않았다.

"짐작할지 모르지만 그분의 상은 얼굴 속에 숨겨져 있다. 네가 원하던 바로 그것."

"……?"

"그걸 홍 부장이 읽었고."

"……!"

백홍우의 시선은 벼락처럼 모상길을 돌아 길모 앞에 멈췄다.

"그게… 사실인가?"

백홍우가 길모에게 물었다. 길모는 대답대신 끄덕 고개를 움직여 보였다.

"아아!"

백홍우는 결국 신음을 내며 주저앉았다.

"외상을 먹고 그걸 갚으러 왔으니 네 좁은 배알로는 꽁돈 날리는 기분이겠지. 하지만 네 그토록 간절히 원하던 무상을 읽어내는 관상대가를 만났으니 축복으로 알고 다시는 홍 부장을 넘보지 말거라. 그는 네가 감히 넘볼 실력이 아니니."

모상길이 강철 같은 쐐기를 박아버렸다. 백홍우는 길모를 힐금 쳐다보고는 비틀, 룸 문을 열었다.

"기다리거라."

백 거사의 한 발이 복도에 내딛기 전에 모상길의 말이 그의 어깨를 돌려세웠다.

"네 또 하나의 의문이 있지 않느냐?"

"……?"

"오성(五星) 같은 눈!"

'오성?'

"네가 그토록 보고 싶어 하던 천하투명의 눈. 그 오성 같은 눈이 바로 홍 부장의 눈이니 가는 길에 요기라도 하거라!"

"……!"

백 거사는 한 번 더 휘청거렸다. 눈의 으뜸으로 꼽히는 오성의 눈. 말하자면 그는 진리를 눈앞에 두고도 알아보지 못한 셈이었다.

백홍우!

그는 그렇게 떠나갔다.

전의를 완전히 상실한 얼굴에, 어깨뼈가 몽땅 내려앉은 듯 맥빠진 모습으로.

"홍 부장!"

백홍우가 퇴장하자 모상길이 길모를 불렀다.

"예, 대인님!"

"이 바닥이 이렇다네. 누구 하나 도를 이루면 그저 흠을 내려고 혈안이지. 하지만 그냥 받아들이시게. 어떻게 보면 자기들이 닿지 못한 도에 닿은 사람의 후광이라도 보고 싶은 마음일 것이니."

"저는 괜찮습니다."

"내 생각에는……."

모상길의 눈이 혜수에게 향했다.

"이 친구도 기재가 엿보이는 바, 몇 가지 가르쳐서 허접한 관상가들이 달려들거든 이 친구를 내우시게. 원래 진정한 고수는 하수들과 직접 겨루지 않는 법이니."

"분에 넘치는 말씀이지만 귀 담아 두겠습니다."

"그리고 노파심에 하는 말이지만 관상가네 뭐네 하고 거들먹거리는 인간들에게 동정심을 베풀지 마시게. 입으로 관상을 보는 자들은 치명상을 입어야 깐죽거리지 않는 법이니."

"예……."

"그럼 오늘은 그만 일어날까요? 주 사장님!"

모상길이 바라보자 주 사장은 흔쾌히 동의를 했다.

모상길은 두 가지를 해결해 주고 떠나갔다.

무상!

백홍우의 외상!

그가 아니었더라면 그 두 상은 길모의 일상에 오래 남을 숙제였을지도 몰랐다.

"홍 부장!"

손님을 보내고 계단을 내려서자 카운터 앞으로 나온 방 사장이 길모를 불렀다.

"예!

"엊그제 사인한 양반이 대금 치루고 갔다며?"

"아, 예……."

"아, 내가 진작 너를 태국에 보내는 건데……."

"예?"

"너 태국 여행에서 구사일생하고부터 잘나가는 거 아니냐? 이거 나도 일들이 꼬여대는데 태국 한 번 다녀와야 할까 보다. 너 그때 빠진 바다가 무슨 타야라고?"

"파타야요."

"옳지, 파타야. 거기가 아무래도 행운의 바다인가 보다."

"진짜 빠지시게요? 거기 꽤 깊어서 자칫하면 그냥 죽을지도 모르는데……."

"야, 거 말을 해도……."

방 사장이 바로 정색을 했다.

"그러니까 사장님은 하시던 비즈니스나 잘하세요."

"지금 비즈니스 중이잖아?"

"저하고요?"

"그래. 오늘 내 관상이 어떠냐? 막 자비와 기부가 넘치는 것 같지 않냐?"

"좀 그렇긴 하네요. 인심 좀 쓰실 상이에요."

"오케이, 외상값도 입금된 데다 딱 맞췄으니 너한테 넘겨준 다. 이거 받아라."

방 사장이 명함 한 장을 내밀었다.

"뭐죠?"

"내 친구의 친구인데 조그만 건설업체 운영한다. 듣자니 원청 주는 업체에 접대할 일이 있나 본데 전화 오면 모셔라. 중요한 일이라니 기본만 마시지는 않을 거다."

방 사장은 길모의 어깨를 두드리며 사무실로 들어갔다.

'아차, 혜수······.'

대화하느라 혜수를 깜빡한 길모는 1번 룸을 열었다. 그녀는 예상대로 룸 안에 있었다. 여전히 뭔가를 열심히 기록하면 서······.

"오늘의 질문!"

길모가 기척을 내며 물었다.

"딱 하나 있어요."

"뭔데?"

길모가 고개를 내밀자, 혜수는 길모에게 카메라를 들이댔다.

찰칵!

"왜 이래?"

"사진 찍히는 거 보니까 사람 맞네?"

"뭐?"

"난 또 귀신인가 해서요."

"무슨 소리야?"

"무상 말이에요. 아니, 인간이 어떻게 전체 성형한 얼굴까지 맞출 수 있어요? 부장님 눈에 엑스선이라도 달렸어요? 고가의 명화 분석할 때 보면 그런 걸로 밑그림 밝혀내던데……."

"어, 그래?"

길모, 귀가 솔깃해졌다. 따지고 보면 비슷한 원리였다.

"아무튼 굉장한 순간이었어요. 부장님에게 고맙기도 하고요."

"고맙다고?"

"가끔은 여기가 술집이 아니라 관상 수련장처럼 느껴진다니까요. 덕분에 매일 흥미진진하고요."

"그거야 혜수의 사교적 성향 덕분이지."

"그런데 오늘 승아 파트너 분이 관상대가예요?"

"응!"

"부장님 스승님은 아니고요?"

길모는 대답대신 고개를 저었다.

"음… 그러니까 대가들은 서로 알아본다 이거로군요?"

"그런 건가?"

"그리고 한 가지 더!"

혜수는 말을 끝맺기도 전에 바로 얼굴을 들이댔다.

"왜 이래?"

놀란 길모가 한 걸음 물러섰다.

"오성 같은 눈이 어떤 건지 자세히 좀 보려고요. 그러고 보니 부장님 한쪽 눈이 기가 막히게 맑네?"

"그, 그래? 내가 눈은 좀 생겼지."

길모가 어색하게 웃을 때 장호가 노트북을 들고 들어섰다.

[형!]

장호는 수화부터 바삐 그렸다.

[원하는 거 찾았어요.]

장호는 정태수의 사진을 띄워놓았다. 중학교 졸업사진이었다. 예상대로 현재의 얼굴과 완전히 달랐다.

[이때 반 친구들이 올린 글에서 봤는데요, 대학에 입학하기 직전에 미국에 가서 전체 성형을 했대요.]

장호가 마우스 센서를 문지르자 다른 사진이 나왔다. 비슷한 나이지만 완전히 다른 얼굴이었다.

정태수!

그의 두 얼굴이 거기 있었다. 완전히 갈래가 다른!

'이제는 문제없지.'

뛰어봤자 부처님 손바닥 안. 길모는 정태수의 관상을 캐내기 시작했다.

정태수의 관상은 주 사장과 딴판이었다. 주 사장은 자기 얼굴에 가깝게 복원했지만 정태수는 관상 자체를 바꾼 것이다. 즉, 현재의 정태수는 중고교 때와는 다른 사람이라는 게 옳았다.

'기상(奇相)……'

원판을 보니 이해가 갔다. 정태수의 어릴 적 관상은 그리 좋지 않았다. 그나마 이마가 좋은 게 다행이었다. 그렇기에 부모의 덕으로 성형도 하고 순탄한 성공가도를 달린 것이다.

그의 원판은 나름 봉황상.

그러나 자세히 보면 닭상이 깃들었다. 얼핏 보면 봉황이지만 잘 보면 닭이라는 것. 예나 지금이나 봉황상은 도 아니면 모다. 존귀나 귀기가 들면 극상에 달하지만 잘못 풀리면 그냥 닭상만도 못한 게 봉황상.

아무튼 정태수는 현재 미래 지도자 중의 한 사람으로 더러 거명이 되는 여당의 실세. 공천심사만 해도 지지난 총선서부터 세 번째이니 그 권한은 막강하다고 봐야 옳았다.

하지만!

현재의 관상은 아주 달랐다.

호랑이 상이다.

봉황을 깎아내고 그 위에 호랑이를 만든 것이다.

'부모가 관상을 좀 아는 건가?'

고개가 갸웃거려졌다. 남자나 여자나 보통 성형을 하면 연예인 쪽을 기준으로 잡는다.

나는 김태히처럼 해주세요.

나는 김수헌처럼 해주세요.

그런데 정태수는 그런 기준의 미남이 아니라 카리스마를 새긴 얼굴로 재탄생했다.

'이건 체인징 원장님께 좀 여쭤봐야겠군.'

마음에 걸리는 건 제대로 해결하는 게 좋았다. 그래야 나중에라도 찜찜함을 덜 수 있으니까.

다만 호랑이상는 호랑이상이되 사냥하는 호랑이는 아니었다.

닭상의 바탕에 더해진 봉황상, 거기에 호랑이 탈을 올린 형상. 처음 성형했을 때는 용맹한 호랑이일 수도 있었겠지만 본바탕이 약했다. 그러니 수십 년의 세월이 얼굴에 쌓이자 몸의 골격과 뼈의 움직임에 따라 변화가 온 것이다.

'가면이 녹아내리는 호랑이.'

길모는 확신했다. 호랑이 이빨로 권세와 영달을 만들었지만 그 자체가 원래 호랑이 상의 것이 아니었다. 따라서 크게 겁낼 일은 아니었다. 제아무리 백수의 왕이라고 해도 그건 잘나갈 때 이야기. 초원에서도 늙은 사자는 하이에나의 밥이 된다. 그러니 이빨이 헐렁해진 그의 운은 두려울 정도는 아니라고 보는 게 옳았다.

'그렇게 받아먹어댔으니 집에는 분명 현금이 썩어갈 일……'

길모는 조바심내지 않았다. 무상이라면 모르되 관상을 볼 수 있게 되었으니 겁날 것도 없었다. 아니, 어쩌면 전화위복일 수도 있었다.

그가 얼굴 전체 성형을 한 건 극소수만이 알 일. 그렇다면 백거사 같은 위인들이 나서 썰을 풀어도 어느 정도는 먹힐 일이었다.

길모는 김 변호사의 명함을 뽑아들었다. 관상으로 봐서는 그의 수완이 좀 더 좋아 보였다. 그러면 정태수를 다시 데려오는 데 큰 문제가 없을 것 같았다.

"아, 여보세요, 김 변호사님?"

길모는 김 변호사가 솔깃해할 만한 말을 미끼로 던져 주었다.

궁하면 통하는 걸까?

다음 날 마침 체인징 김석중 원장에게 전화가 왔다.

[형, 전화.]

잠에서 깨어 막 세수를 마쳤을 때 장호가 전화기를 내밀었다.

"예, 카날리아 홍 부장입니다."

—홍 부장 가지고 되겠어요? 홍 박사라고 하셔야지?

김석중은 농담으로 대화를 시작했다.

"웬일이세요?"

—부탁이 있어서요.

"말씀하세요."

—전에 저랑 동업 체결한 거 말입니다.

"동업요?"

—그 왜 관상 성형 얘기했었잖아요.

"아, 그거요."

—마침 관상 신봉하시는 사모님이 한 분 오셨는데 백번 공감하시더라고요. 사진 보내드릴 테니까 좀 보실래요?

"어? 저도 원장님 뵙고 조언 받을 일 있는데……."

—그럼 우리 병원에 잠깐 들리세요. 아무래도 환자도 직접 보시면 서로 신뢰하는데 좋고.

"그럴까요?"

—몇 시에 시간 되세요? 제가 사모님하고 스케줄 맞춰놓을게요.

"저야 5시쯤이면 땡큐죠. 일보고 바로 출근하면 되니까."

—오케이, 5시에는 모델 아가씨 수술 예정인데 한 시간 딜레이시켜 둘게요.

"알겠습니다."

길모는 흔쾌히 전화를 끊었다.

[오늘 체인징에 가요?]

"왜? 너도 견적 좀 내줄까?"

[됐네요. 내가 지금보다 더 잘생기면 대한민국 아가씨들 다 쓰러진다니까요.]

장호가 너스레를 떨었다.

"가는 길에 서둘러서 정태수 집도 다시 한 번 보자."

[정 의원 집요?]

"접근로가 하나뿐이냐?"

[몰라요. 차가 멈추는 곳까지 따라갔다가 그대로 지나쳐 왔으니까.]

"준비해라."

[알았어요. 까짓 거 한 번 땡겨보죠, 뭐.]

장호가 주먹을 불끈 쥐어보였다.

장호의 말은 사실이었다. 정태수의 집은 하필 전직 대통령 집과 이웃하고 있었다. 하지만 그나마 나았다. 그 전직 대통령이 이제 이빨 빠진 사자였기 때문이다. 그 때문인지 골목 입구에 서성이는 사복 경찰 한두 명이 전부였다.

[거기 네 번째가 대통령집이고 여섯 번째가 정태수집이에요.]

장호가 골목을 지나며 말했다.

"뒤쪽으로 돌아보자."

길모가 옆길을 가리켰다. 한 블록을 돌아서자 또 다른 골목이 나왔다.

"여기 스톱!"

길모는 그 여섯 번째 집 앞에 오토바이를 세웠다. 집 모양은 각양각색이지만 높이는 같은 2층이었다. 고개를 쑥 빼드니 뒤편으로 정태수의 집 후미가 보였다.

"장호야, 저거 정태수 집 맞지?"

[그런 거 같은데요?]

장호도 동의를 했다. 그러니까 이 근처의 집들은 서로 등을 맞댄 꼴이었다. 말하자면 담장 하나만 더 넘으면 바로 정태수의 집. 길모에게는 큰 수고도 아니었다.

[여기로 넘게요?]

"모로 가도 서울만 가면 되는 거 아니냐?"

길모는 빙그레 웃었다. 정문 쪽은 부담스러웠지만 한 골목을 통하면 크게 문제가 될 일도 아닌 것 같았다. 담장들도 착하게 고작(?) 2미터 정도밖에 되지 않았다.

*　　　*　　　*

바다당!

산뜻하게 속도를 내서 체인징에 닿았다. 시간은 아직 5시가 되기 전이었다.

"홍 부장님!"

김석중은 길모를 반가이 맞았다.

"환자가 많은데요?"

길모가 말했다. 대기실은 붐비고 있었다. 그러면서도 조용하고 우아한 느낌이 주는 분위기가 편했다.

환자들 수준도 높아 보였다. 동네 시장통의 성형외과 같은 느낌이 아닌 것이다.

"다 부장님 덕분 아닙니까?"

김석중은 환한 표정을 지었다. 이제 그는 과거의 아픔에서 오롯이 벗어난 걸로 보였다.

"그나저나 제게 부탁할 게……?"

재미나게도 둘은 똑같은 말을, 똑같은 순간에 해버렸다.

"하하핫!"

그게 어색해 웃는 웃음도 똑같았다.

"이거 부장님하고 저하고 전생에 인연이 있나 봅니다."

석중은 즐거워 보였다. 천성이 쾌활하다면 의사로서는 최고였다.

잘 웃고 친절한 의사. 누가 그를 마다할 것인가? 더구나 그는 실력까지 겸비하고 있지 않은가?

"원장님 먼저 말씀하시죠."

길모가 양보했다.

"아닙니다. 부장님이 손님인데 먼저……."

"에이, 속된 말도 똥개도 자기 집에서 50% 먹고 들어간다는데……."

"그런가요?"

"예, 그러니까 먼저 말씀하세요."

길모가 한 번 더 양보하자 김석중이 화면을 띄웠다.

"이분입니다."

화면에 중년의 아주머니가 떠올랐다. 관상을 보니 나이는 59세로 보였다.

"교양도 있고 경제력도 괜찮은 분이세요. 그런데 주름살이 늘고 피부가 늘어진다며 상담하러 왔는데……."

보톡스!

리프팅!

길모의 뇌리에 두 단어가 스쳐 갔다. 텐프로 웨이터로 일하다 보면 수도 없이 듣는 이야기다. 아가씨들이 경쟁적으로 얼굴 관리를 하기 때문이었다.

"척 보니까 감이 오시죠?"

김석중이 길모를 바라보았다. 길모는 바로 고개를 끄덕였다. 명궁 사이에 사마귀 같은 점이 보였던 것이다.

"보시다시피 얼굴 여기저기에 점이 있어요. 그래서 하는 김에 빼자고 했더니 상당히 부정적이더라고요. 자기가 과거에 점을 봤는데 얼굴에 점 빼면 액운이 든다고 했다나요?"

"그래요?"

"그러다가 부장님 얘기가 나왔는데 이 사모님이 관상에도 관심이 많더라고요. 자기가 들어보고 공감이 가면 제 말을 따르겠다는 거예요. 물론 관상 비용도 따로 주고요."

"부자신가 보군요?"

"그냥저냥 살 만하신 거 같았습니다."

"뭐 제 생각에도 기왕 성형을 하는 거라면 불필요한 점은 빼는 게……."

"그렇죠?"

"지금 오시는 건가요?"

"전화하면 바로 오실 겁니다. 박 간!"

김석중은 바로 간호사를 불러 지시를 내렸다.

"자, 이제 부장님 얘기를 들어볼까요?"

상황이 정리되자 석중은 느긋하게 등을 기댔다.

"저도 성형에 대해 궁금한 게 하나 있어서요."

"아이고, 혹시 제가 에이스들에게 해준 게 부작용이라도 났나요?"

"아, 아닙니다. 그게 아니라……."

길모는 겸손한 미소로 말을 이어갔다.

"제가 아는 분이 얼굴 전체 성형을 했는데요. 그게 보통 미남의 얼굴을 따른 게 아니라 좀 독특하게 수술을 해서요."

"독특하다면?"

"상법에서는 그런 얼굴을 호랑이상이라고 하는데 카리스마가 어린 얼굴로 재탄생했어요. 그게 좀 이상해서요."

"뭐 드물게 그런 분들이 있긴 하죠. 예컨대 개인의 취향일 수도 있고 혹은 그 부모님의 주장이 강한 경우에도……."

"부모님요?"

"마마보이 많거든요. 그런 경우라면 부모님이 권하는 얼굴형으로 가기도 해요. 그럴 때 부모님이 완고해서 남자다운 얼굴을 원한다면……."

"아!"

"이건 어떨지 모르겠는데 전에 한 번 이런 적이 있어요. 아들이 외탁을 했는데 아버지가 그게 싫다고 데려와서 조부 얼굴로 바꾸었지요. 자기 집안의 명예와 전통에 강한 자부심을 가지고 있으면 그럴 수도 있지요."

'조부…….'

석중에게서 마음에 걸리는 한마디가 나왔다.

이어 노크 소리가 들렸다.

"원장님 오진애 환자분 오셨어요."

간호사가 문을 열고 말했다.

"모셔요!"

석중의 지시와 함께 소담한 중년 부인이 들어섰다.

"이분이 제가 말씀드린 대한민국 최고의 관상대가십니다."

석중은 길모를 거창하게 소개했다.

"뵙게 되어 영광이에요."

오진애가 고개를 숙여 보였다.

"다들 바쁘신 분이니까… 제가 정황은 다 말씀드렸습니다. 그러니까 바로 본론에 들어갈까요?"

석중이 오진애를 돌아보았다.

"저는 상관없어요. 저야 그저 얼굴만 들고 있으면 되는 거 아닌가요?"

진애가 고개를 들었다.

"그럼 바로 시작하시죠."

석중은 길모를 보며 씨익 웃어 보였다.

"그럴까요?"

대답을 하는 동시에 길모는 이미 오진애의 점 분석을 끝냈다. 눈에 보이지 않는 것까지 읽어내는 길모. 그러니 눈에 보이는 점이야 일도 아니었다.

"어때요?"

오진애가 생글거리며 물었다. 나름 자신감이 묻어나는 미소였다. 시원한 이마와 가지런한 눈썹, 거기에 부부궁과 자녀궁, 재산궁까지 크게 나쁘지 않아 전체적으로는 순탄한 인생을 살아갈 관상이었다.

"심부재언하면 시이불견이오, 청이불문(心不在焉 視而不見 聽而不聞)이라. 마음이 없으면 봐도 안 보이고 들어도 안 들리는 것이 관상인데 관심이 있으시다니 본대로 몇 가지 말씀드려 보겠습니다."

"……."

오진애와 김석중이 길모를 집중했다.

"관상을 보아하니 일부종사요 일남이녀를 거둘 상이나 스물일곱과 스물아홉에 자식이 눈물을 짜내 무남독녀가 되었군요."

"어머!"

딱 한마디.

오진애를 뒤흔드는 데는 그 한마디면 족했다. 그녀의 관상에 서린 흉살, 과거에 지나간 흉살이 둘이었으니 두 자식을 잃은 것이기 때문이었다.

"그나마 조상운이 좋고 자녀궁이 튼실해져 남은 자식 하나는 남부럽지 않게 나가고 있으니 걱정 덜었으나 중년에 이르러 가슴속에 고독이 쌓이니 이 또한 관상대로입니다."

"어머, 어머, 어머머!"

오진애의 입에서는 끊임없이 탄식이 새어 나왔다. 더는 말할 것도 없이 그녀는 이미 길모에게 뻑간 상황이었다.

"더 말씀드릴까요? 아니면 여기서 접을까요?"

길모가 물었다. 혹여 의심이 간다면 이쯤에서 끝내자는 뜻이었지만 실상은 내 말에 따를 테냐 말 테냐를 묻는 윽박지름과도 같았다.

"세상에, 족집게 족집게! 이런 족집게가 다 계시네……."

"……."

"믿을게요. 이렇게 귀신처럼 맞추는데 어떻게 안 믿겠어요? 그러니 제 점 좀 봐주세요."

오진애는 허둥거리며 자기 얼굴을 짚었다. 다만 한 가지 옵션을 걸어왔다.

"여기 이것만 빼고, 나머지는 시키는 대로 다 할게요. 다 빼라면 다 빼고……."

그녀가 짚은 곳은 명궁이었다.

"거긴 왜 예외죠?"

길모가 명궁을 보며 물었다.

"이건… 부모님이 복점이라고……. 그리고 전에 제가 남해에서 만난 용한 점쟁이도 그렇게 말했거든요."

"알겠습니다. 그럼 우선……."

길모는 빙그레 웃으며 몇 가지를 먼저 짚어주었다.

"오른쪽 와잠 끝의 점은 최우선으로 빼야 합니다. 그냥 두시면 간통이나 남자 문제로 횡액을 겪을 수 있습니다. 그리고 왼쪽 관골에 걸린 점, 그냥 두면 고독이 깊어집니다. 왼쪽 법령이 끝나는 곳의 점 역시 고독점입니다. 빼세요. 오른쪽 법령 끝에 매달린 점, 그대로 두면 구설수에 시달릴 수 있습니다. 와잠 끝의 점과 이 점의 느낌이 같은 걸 보니 더욱 그렇습니다."

"……?"

길모는 보았다. 오진애가 휘청거리는 걸.

이미 알고 있었다. 그녀에게는 남자가 있다. 다만 난잡한 사이는 아니다. 하지만 결혼한 여자에게는 플라토닉 러브 같은 건 허용되지 않는다. 더욱이 그 상대방 여자의 입장에서는.

"다만 보골 아래와 눈썹 사이의 점은 복점이니 그냥 두시고 오른쪽 눈썹 속의 점은 부귀점이니 절대 손을 대시면 안 됩니다."

"어머, 그것도 복점이에요?"

"예!"

"어머어머, 나는 눈썹 사이에 난 게 흉해서 꼭 빼려고 했는데……."

"점이란 가급적 보이지 않는 곳에 나는 게 좋습니다. 눈썹 속역시 점이 날 곳은 아닌데 그곳에 났으니 더 없는 복점이지요. 만약 그걸 지우면 사모님이 현재 누리는 복은 상당 꺼져 내릴 겁니다."

"……."

"왜냐하면 사모님의 얼굴에는 횡액을 부르는 나쁜 점이 있는데 지금까지 그걸 막아준 게 바로 눈썹 속의 점이기 때문입니다."

"횡액이라고요?"

"예!"

길모는 단호하게 대답했다.

"아까 말한 와잠이라는 곳의 점이 그건가요? 최우선적으로 빼라고 했으니……."

"횡액점은 명궁 사이의 사마귀입니다."

길모의 손이 눈썹과 눈썹 사이의 명궁을 짚었다.

"……?"

"아까 말씀하셨죠? 그 점만은 절대 빼지 않겠다고?"

"네……."

"점이 아니고 사마귀입니다만 단언컨대 그 점은 반드시 빼셔야 합니다. 달마상법에서도 명궁 사이의 흉터나 점, 사마귀는 횡액으로 적시하고 있으니까요."

"그, 그럴 리가? 이건 분명 복점이라고……."

오진애는 갈등했다. 그 자신이 평생을 철석같이 믿어온 복점. 그걸 두고 횡액을 부르는 점이라니 믿지 않는 것이다.

"그렇다면 제가 증거를 보여드리죠."

"증거?"

"팔의 염주를 보니 절에 다니시는 모양이군요?"

"예……."

"그럼 혹시 부처님 사진이 있습니까?"

"그야……."

오진애가 핸드폰을 내밀었다. 그 바탕화면에 부처상이 선명하게 보였다.

"보시죠."

길모는 바탕화면의 부처를 짚었다. 부처상의 얼굴이었다.

부처상!

관상에서 가장 완벽한 상으로 불리는 부처상.

길모는 대체 뭘 말하려는 것인가?

제7장

악질들의 포스

"이게… 뭐요?"

오진애가 부처상을 보며 물었다.

"명궁, 즉 눈썹과 눈썹 사이를 보세요. 작은 사마귀가 붙어 있지 않습니까?"

"그러니까 좋잖아요? 부처님도 달고 있으니……."

오진애가 길모를 바라보았다.

"그걸 그렇게 해석하시는 건가요?"

"당연하죠. 제 친구들도 부처님하고 똑같은 점이라고 부러워하는 걸요."

오진애의 말에 길모는 입가의 미소를 흘려 버리고 말을 이어 갔다.

"그 반대입니다. 본래 부처님은 부귀영화를 가지고 태어났지요? 그는 왕자의 지위와 함께 왕위 계승권마저 포기하고 지난하고 고달픈 수행의 길을 걸어갔습니다. 그걸 현대에 비추어 보면 직업과 주거가 일정치 않고 잘 살기 어려우며 모든 인연과 이별을 하니 결혼운도 없다는 뜻이 되지요. 그 모두……."

길모는 잠시 말을 멈추고 오진애를 바라보았다. 그리고 마지막 쐐기를 박았다.

"명궁의 사마귀, 즉 점 때문입니다!"

"……!"

"제가 볼 때 사모님도 모든 게 안정적임에도 불구하고 마음이 심란한 적이 많았을 겁니다. 공연히 다 팽개치고 떠나고 싶을 때가 많았을 겁니다. 그 근원이 바로 명궁의 점이지요."

"……."

"제 말은 여기까지입니다."

길모는 정중한 묵례로 말을 맺었다.

믿음!

사람들은 누구나 자신만의 믿음을 가지고 있다. 많은 사람에게는 그것이 신앙이다. 하지만 신앙이 아니어도 믿는 구석은 많이 있다. 더러는 사물이기도 하고 가족이기도 하고 혹은 돈일 수도 있다.

그러니 길모는 오진애에게 강요할 생각이 없었다. 다만 사실만 말했을 뿐이다. 그게 나쁘다고 길모가 직접 쥐어뜯을 수도 없는 일이니까.

병원 문을 나서기 무섭게 김석중에게서 전화가 왔다.

―사모님이 홍 부장님 권유를 따르겠다네요.

후우!

긴 숨이 새어 나왔다. 진심은 통하게 마련이다. 김석중의 한마디가 길모를 흐뭇하게 만들었다. 통한다는 건 좌우지간 기분 좋은 일이니까.

그런데!

길모는 고개를 살짝 갸웃거렸다. 이제 보니 오진애가 살짝 낯익은 느낌이었다.

어디서 봤을까?

궁금한 마음을 뒤로 하고 장호의 오토바이가 가속을 하기 시작했다.

여기서 잠깐 얼굴 점 몇 가지를 재미로 짚어보자면,

1) 이마를 세로로 반으로 나눠 오른쪽 이마의 보골, 즉 그 중간지점의 점은 거부(巨富)점.

2) 같은 의미로 왼쪽 이마의 중간 지점의 점은 대부(大富)의 점.

3) 이마의 정중앙 부근에 난 점은 만사순탄 점.

4) 인중의 오른편에 걸린 점은 장수할 점.

5) 오른쪽 귀 윗부분에 난 점은 총명 점.

6) 오른쪽 눈썹이나 왼쪽 눈썹에 난 점은 부귀와 대귀 점.

7) 왼쪽 눈에서 귀로 이어지는 부위의 점은 바람기 암시.

8) 7번 부위의 점이 오른쪽이라면 간통 가능성.

9) 오른쪽 귀 아래의 점이나 사마귀 등은 객사 점.

남자의 경우이니 거울을 보며 부귀점이나 찾아보자.

* * *

[형!]

오랜만에 주차장 대청소를 할 때였다. 한 화이트 벤츠가 굴러 들어오자 장호가 길모 옆구리를 찔렀다.

"응?"

하얀 벤츠. 오랜만에 보는 차였다.

누굴까?

병태의 청소를 감독하던 이 부장도 시선을 집중했다.

"……!"

거기서 내린 건 20대 초반의 남자였다. 시원한 면티에 금목걸이를 걸쳤다. 물론 명품 선글라스는 기본이었다. 그는 조수석으로 가더니 정중하게 문을 열었다. 문에서 창해가 나왔다. 마치 모로코의 공주라도 되는 듯 우아하고 럭셔리한 차림으로.

그녀는 번쩍거렸다. 핸드백이 그랬고 액세서리와 구두가 그랬다. 물론 잘나가는 에이스였으니 피부와 머릿결이 고급지게 출렁거림은 두말할 필요도 없었다.

"창해예요!"

병태가 버벅거리며 말했다. 그녀는 남자를 뒤로 하고 오만한 워킹으로 카날리아 문을 열었다. 다음으로 남자가 차를 몰고 가 버렸다.

[펫을 구했나 봐요.]

장호가 수화를 그렸다.

펫!

한때 텐프로 아가씨들 사이에 경쟁적으로 일어났던 현상이다. 월수 수천만 원을 찍는 그녀들. 처음에는 퇴근 후에 호빠에 가서 남자애들에게 스트레스를 풀더니 아예 펫으로 옮겨갔다.

마음에 드는 남자나 호빠에서 만난 남자를 돈으로 엮어 달고 다니는 것이다. 그 관계는 표면적으로는 합의계약이지만 실상은 노예계약과 유사하다. 한마디로 자기가 번 돈을 펑펑 쓰며 종으로 부리는 것이다. 그녀들 말로 이름하여 전용.

돈이면 다 된다.

텐프로 아가씨들 중 일부는 그 배금주의에 물든다. 실제로 그렇지 않은가? 그녀들은 날마다 그런 환경에서 살고 있다. 돈 많은 자들은 텐프로에 들어와 펑펑 써댄다.

술 한 병에 수백만 원.

심하면 수천만 원.

일반적인 20대 초중반의 아가씨가 그런 걸 어디에서 경험할 것인가. 대다수 20대는 몇만 원도 발발 떠는 게 보통이다.

처음에는 '어머머!' 다.

놀랄 노자인 것이다.

하지만 인간의 환경의 동물. 금세 면역이 되고 적응이 된다.

한두 시간 술값으로 수백수천을 쓰는 게 아무렇지도 않은 것이다.

그녀들 중 일부는 재벌이나 재벌 2~3세, 혹은 벼락부자 등의 콜을 받아 물질만능주의의 혜택을 받는 주인공이 되기도 한다. 재벌이 콜걸에게 꽂혀 백화점 쇼핑에 수천만 원을 질러 버린 게 영화 속 일만은 아니다. 실제 텐프로 아가씨들도 그와 유사한 경험을 가지고 있었다.

그러나!

창해는 달랐다. 그녀는 텐프로 에이스들 중에서도 천박하지 않았고 돈을 지상주의로 삼지도 않았었다. 그런 그녀였기에 오늘의 변신은 가히 멘붕이었다.

'쌍꺼풀이 창해를 망쳤다.'

길모는 알고 있다. 그녀의 향락이 어떻게 시작되었는지. 로스쿨 학생을 일편단심 뒷바라지하던 순수한 마음, 그때 그 남자가 착실했어야 했다. 그래서 창해의 노력이 결실을 맺었다면 지금쯤 최소한 '사' 자 돌림 남편의 와이프가 되어 텐프로와 작별을 했을 일이었다.

아쉬웠다.

창해라면 길모도 좋은 이미지로 생각했던 아가씨. 그 로스쿨 학생이랑 만나고 있을 때 지금처럼 관상을 볼 줄 알았더라면 도움이 되었을 텐데 싶었다.

두 번째로 안지영과 써니가 내렸다. 그녀들도 스타일이 변했다. 머리도 달라지고 핸드백도 바뀌었다. 바야흐로 에이스들의 경쟁이 불붙은 것이다.

'여기서는 내가 톱이야!'

에이스들은 그런 자부심을 가지고 있다. 그건 웨이터들에게도 도움이 되는 프라이드였다. 왜냐면 자신의 존재 가치를 높이려는 에이스들은 지명 고객을 끌어들이는 재주도 겸비했기 때문이었다.

그러나 지나친 건 바람직하지 못했다. 경쟁이란 어느 정도로 끝나야지 무한 경쟁이 불붙으면 부작용이 생기게 마련이다.

그건 과거 여의도의 최강으로 꼽히던 톱스타 텐프로에서 여실히 증명되었다. 주로 방송가를 기웃거리던 사이즈를 추려 막강 아가씨 군단을 형성한 톱스타. 한때는 강남 최고의 매상을 더블 스코어 차이로 누를 만큼 대세를 이루었다. 한 번 예약하려면 한 달이나 걸린다는 톱스타였던 것이다.

그 불패의 질주를 마감시킨 게 바로 에이스들의 빗나간 경쟁이었다. 무리하게 지명손님을 끌어들이려다 보니 교제, 미팅, 동반, 출장 등을 피할 수 없었다.

길모가 아는 한, 이 바닥에서 남자와 자면 에이스는 그 수명이 다한다. 그렇기에 꼭 자야 한다면, 배우자가 될 사람이거나 확실한 스폰서여야 했다.

하지만 남자들 입장은 또 다르다. 가진 건 돈뿐. 그 돈을 밑천으로 편안하게, 뒤탈 없게 한두 달, 혹은 일이 년 전용 관계를 원하는 것이지 결혼까지는 아니올시다였다.

이렇듯 유흥가에서 만난 남녀는 서로 다른 꿈을 꾸는 경우가 많았다. 동상이몽의 극치였다.

마지막으로!

길모 사단의 아가씨들이 모범택시에서 내렸다. 자그마치 네 명이었다. 타고 온 차는 다른 박스의 에이스들에 비해 심하게 구리지만 그녀들은 당당했다. 모범택시라고 기죽지도 않았다.

그 중심에는 혜수가 있었다. 그녀는 유흥가 초짜지만 확고한 인생관을 가지고 있었다. 그랬기에 최소한 길모 사단 아가씨들의 과도한 질주를 제어했다.

물론 구성원들의 성향도 한몫을 했다.

승아와 유나!

둘은 눈물 젖은 빵을 맛본 아가씨들. 하루 꽁비 일이만 원으로도 버틴 전력이 있었다. 나아가 성형비나 미용비도 비용 대비 최상의 수준을 누리는 판. 그러니 딱히 에이스 따라하기에 동참할 필요성도 낮았다.

[형이 창해 씨 좀 제어하면 안 돼요? 저러다…….]

장호가 길모를 바라보았다.

장호의 말줄임표에 숨은 뜻은 좋지 않았다. 향락은 또 다른 향락을 부른다. 이미 고삐가 풀린 창해였으니 자칫하면 몸 버리고 돈 버리는 이중고에 봉착될 상황이 높았다.

'이미 엎질러진 물…….'

길모는 고개를 저었다. 세상에는 수많은 사람이 있다. 그걸 길모가 다 끌어안을 수는 없었다.

밤 11시.

카날리아에는 연예인들이 득실거렸다. 이 부장이 총력전을 벌이느라 손님을 끌어들인 모양이었다. 덕분에 혜수와 홍연이도 바빠졌다. 첫 손님이 오면 에이스들이 총 인사를 드리자는 새로운 룰 때문이었다.

길모의 예상대로 홍연은 곳곳에서 러브콜을 받았다. 하지만 혜수는 그렇지 않았다. 밤을 불사르고 싶은 테이블은 빠짐없이 홍연을 선택했고, 진짜 비즈니스가 목적인 테이블은 혜수를 선호했다. 대충 잘생긴 아가씨를 아무 테이블이나 쑤셔 넣는 부장들과 확실한 대조를 이루는 일이었다.

길모도 두 테이블을 치렀다. 그들이 빠져나가자 전화가 울렸다. 방 사장이 추천해 준 손님들이었다.

잠시 후에 선발대(?)가 먼저 도착했다. 접대를 해야 하는 하청 업체 천 사장이었다. 길모가 보니 텐프로에 올 수준은 아니었다. 허름한 점퍼에 낡은 작업화, 사람을 무시해서가 아니라 삼겹살에 소주를 곁들이면 딱 좋을 이미지였다.

"내가 이런 데가 처음이라 말이죠."

그는 순박하게 입을 열었다.

"두 분을 모시고 올 건데 대략 얼마짜리 술을 시켜야 기분 나빠하지 않나요? 그분들은 이런 데 좀 다닌 눈치던데?"

"발렌 30년이나 로얄살루트 38년으로 시키시면 큰 문제없을 겁니다."

"아가씨 비용은요?"

"따로 계산하지는 않고요, 그거 두 병 드시면 안주하고 다 해서 220만 원에 맞춰보겠습니다."

"히익, 220만 원요?"

천 사장은 바로 기겁을 했다. 예상대로 비싼 술집은 안 다녀본 눈치였다.

"발렌 17년으로 하면 130만 원에 맞출 수 있는데 그럼 별로 좋아하지 않을 겁니다."

"어휴, 술값이 만만치 않네."

"부담스러우시면 제가 다른 집 소개해 드릴게요. 거기 가셔서 발렌 17년으로 두 병 드시면 아가씨 비용해서 70~80만 원이면 가능할 겁니다."

"아닙니다. 그분들이 여기 관상룸이 인기라고 해서⋯⋯."

관상룸.

길모 이야기가 나왔다.

"저기⋯⋯."

주저하던 천 사장이 길모를 바라보았다.

"혹시 여기 2차 같은 건?"

"그런 건 없습니다!"

"알겠습니다. 홍 부장님⋯ 부장님이 관상웨이터 맞지요?"

천 사장이 명함을 보며 물었다. 길모가 그렇다고 대답하자 천 사장은 고개를 끄덕거리더니 또 질문을 던졌다.

"저기⋯ 제가 이분들께 잘 보여서 밀린 공사대금을 꼭 받아야 하는데 무슨 비법 같은 건 없나요?"

"기분 좋게 한잔하시다가 분위기 봐서 말씀드리면 되지 않을까요? 기분 맞출 수 있게 아가씨들은 잘 매칭해 드릴게요."

"그럼 잘 부탁합니다."

천 사장은 길모를 향해 고개를 꾸벅 숙였다.

천 사장은 30분쯤 후에 돌아왔다. 그가 말한 손님 둘을 모시고서.

"여기가 그 유명한 관상룸인가?"

어디서 들은 걸까? 산산건설 하 사장은 1번 룸에 들어서기 무섭게 거드름을 떨었다.

"뭐 분위기는 별론데요?"

그를 수행하는 구 전무 역시 싸가지하고는 일면식도 없어 보였다.

'매너 꽝!'

척 봐도 갑질이나 해댈 관상이었다. 덕분에 길모는 잠시 망설였다. 혜수를 들일까 아니면 그냥 유나와 다른 아가씨를 엮어들일까… 그 사이에 전무가 바로 갑질신공을 펼치기 시작했다.

"야, 우리 사장님, 아가씨 초이스할 거니까 쫙 데리고 와봐라."

다리는 꼬고 팔 하나는 소파에 걸친 자세. 그건 머리에 머시기 가득한 인간들이 구사하는 기본자세의 하나였다.

"죄송하지만 1번 룸의 아가씨들은 따로 있습니다."

길모가 웃으며 응대했다. 돈을 내는 자, 그의 이름은 손님이었다.

"야 인마, 누굴 호갱으로 알아? 초이스 안 되는 텐프로가 텐프로야?"

슬쩍 지랄 급수가 높아졌다. 바로 인마가 튀어나온 것이다.

"초이스를 원하시면 다른 룸으로 안내해 드리겠습니다."

길모의 목소리는 여전히 친절했다.

"야, 너 나가고 부장이나 마담 오라고 해."

"제가 부장입니다만……."

"뭐야?"

"제가 이 룸을 운영하는 홍 부장 맞습니다."

길모는 부드러운 목소리로 고개를 살짝 조아려 주었다.

"그럼 니가 관상을 보는 거냐?"

전무가 까칠하게 캐물었다.

"관상은 보지 않으셔도 상관없습니다. 그건 옵션이 아니니까요."

"됐으니까 아가씨나 데리고 와봐."

침묵하던 하 사장이 입을 열었다.

"어이, 천 사장. 여기 확실해? 분위기가 개떡이잖아?"

전무는 괜한 화살을 천 사장에게 돌렸다. 더구나 반말이었다.

척 봐도 구 전무는 천 사장에 비해 열 살은 어려 보였다. 그런데 대놓고 하대를 해대니 길모의 눈살이 찌푸려졌다.

"여기가 맞습니다. 전무님!"

목구멍이 포도청이다. 천 사장은 꼬박꼬박, 공손하게 말했다.

"알았으니까 아가씨 데려와 보라니까."

사장이 한 번 더 말하자 전무는 큼 하고 입을 다물었다.

"혜수 어디 있냐?"

복도로 나온 길모가 장호에게 물었다.

[11번 룸이오.]

11번이면 강 부장 전용 룸이다. 길모는 혜수와 윤미를 엮었다. 정윤미는 터치에 대해 크게 신경 쓰지 않는 아가씨. 선천적으로 감각이 둔한지 더러 피아노를 쳐도 별로 씩씩거리지 않았다.

그녀를 엮는 건 천 사장에 대한 배려였다. 보아하니 저질이 바닥을 치는 인간들. 그러니 혜수처럼 우아한 아가씨들을 앉히면 지랄신공을 마음대로 펼치지 못해 부작용이 날 수도 있었다.

예상대로 사장은 윤미를 택했다. 보기에 만만하고 옷도 더 야시시하게 입었기 때문이었다. 전무는 떨떠름한 표정으로 혜수를 옆에 앉혔다. 맞은편의 천 사장은 아가씨를 앉히지 않았다.

'진상의 관상!'

혜수를 밀어 넣기 전에 길모는 그 말을 전해주었다. 점잖은 손님만 있는 게 아니다. 비록 홍 마담에게서 쓴맛을 보고 왔다지만 실전하고는 차이가 있는 법.

술이 들어오자 하 사장과 전무의 무용담이 시작되었다. 안 들어도 동영상. 그들은 지구 반대편부터 러시아까지 건설 현장을 구라로 누비고 다녔다. 만델라도 만나고 오바마도 만나고, 중국의 시진핑과 러시아의 대통령과는 친구 먹은 사이란다.

한마디로 푸헐이다.

사장이 구라를 치면 전무는 바로 인증 작업에 들어갔다. 한 잔 더 들어가니 바야흐로 이야기는 Y담으로 넘어갔다. 그러다 잠시 메뉴가 떨어진 걸까? 사장이 길모를 바라보며 명령을 내렸다.

"어이, 자네가 그렇게 관상을 잘 봐?"

하 사장의 삐딱한 시선이 길모에게 꽂혀왔다.

"그저 흉내 내는 정도입니다."

"나 어때?"

하 사장이 다짜고짜 물었다.

"재산궁과 부하궁이 기가 막히군요. 하시는 일마다 승승장구하시겠습니다."

길모는 의례적인 관상으로 때웠다. 자기 과시를 위해 묻는 관상이니 성의껏 볼 생각이 없었다.

"야, 그게 다야? 얘기 듣자니 뭐든지 귀신 같이 맞춘다던데 이번에 우리 사장님이 해외진출하실 건데 그걸 좀 보란 말이야."

옆에 있던 전무가 충성+아부신공을 펼치며 끼어들었다. 그때 길모의 전화기가 와르르 진동을 울렸다.

"잠깐 실례하겠습니다."

길모는 복도로 나와 전화를 받았다. 김 변호사였다. 전작이 길어져 예상보다 한 시간쯤 늦는다는 내용이었다. 길모는 그렇게 하시라고 전해주었다. 그 사이에 천 사장이 복도로 나왔다.

"저기… 이거……."

천 사장이 때에 절은 10만 원 수표 한 장을 내밀었다.

"뭐죠?"

"관상 보실 거잖아요? 하 사장님 기분 나쁘지 않게 잘 좀 부탁해요."

"……."

수표를 받아 들며 길모는 천 사장의 관상을 보았다.

'올빼미상……'

오상이 고르지 않았다. 그는 자수성가를 한 사람이었다. 아마 지금 일으킨 하청회사도 혼자 힘으로 세웠을 것이다. 눈 밑의 적색을 보니 마음까지 아파왔다. 최소한 10년은 넘게 생고생을 한 게 틀림없었다. 그러나 하늘은 스스로 돕는 자를 돕는 법. 그의 이마에 점이 보였다. 성실하고 책임감이 강하다는 반증. 더불어 순수하며 욕심이 없는 사람이었다.

"사장님, 그 전에요……."

길모는 천 사장을 바라보았다. 처음에는 그저 하나의 비즈니스 접대려니 했지만 그의 관상을 보고 나니 마음이 짠했다. 그러니 그 사연을 듣고 싶었다.

천 사장은 처음에는 말하지 않았다. 그러다 길모가 관상을 몇 개 짚어주자 입을 열기 시작했다. 길모의 관상 능력에 반한 눈치였다.

"그게 참 이런 말까지 해야 하는 건지는 모르겠지만……."

오래지 않아 길모는 벌린 입을 다물지 못했다.

악덕 재하청업체!

갑질 중의 갑질이 거기 있었다. 법에 정한 공사대금 기간을 어기는 건 일상다반사요, 온갖 구실로 하청대금을 깎고 심지어는 직원들 국민연금이나 의료보험비조차도 내지 않으면서 내준 걸로 계산해 대금을 지불한다고 한다. 그나마 3개월 안에만 결재해 주면 양반이었다. 다른 공사의 경우에는 아예 공사대금을 지불하지 않아 하청업체가 도산을 한 게 부지기수.

그 행태도 악랄, 교묘하기 짝이 없었다.

원래 약속과 달리 공사비가 초과되었다며 공사대금을 후려치는가 하면 계획공정을 앞당기거나 임의로 설계 변경을 하는 통에 목표량에 미달하면 야간작업을 강요하고 야간 비용은 지불하지 않았다.

그에 대한 이의를 제기하면 그건 현장인부들의 농땡이로 밀어붙이고 자재도 자기들이 지정하는 것만 쓰게 하면서 제때 대주지 않아 인부들이 일을 못하게 되면 그날은 무급 처리.

뿐만 아니라 현장에서 부상자가 나오면 산재 처리조차 못하게 막는가 하면 바지사장을 내세워 자회사를 만들고 고의부도를 내는 것도 다반사였다.

이에 격분한 직원들이 항의라도 하면 바로 업무방해혐의로 고소해서 법을 악용하는 실정.

"그럼 제대로 고소하시면 되잖습니까?"

듣다가 화가 치민 길모가 물었다.

"그거 다 소용없어요. 저 인간이 얼마나 발이 넓고 교활한지 잡혀가면 바로 영장 기각되어 나오고요 소송 벌여서 이긴 사람도 없습니다."

천 사장은 맥없이 고개를 저었다.

"그럼 주면 받고 안 주면 안 받는 겁니까?"

"그게… 이렇게 접대하고 알아서 기면 좀 땡겨서 주고 아니면 미루고 미루었다가 다른 공사를 하면 주는 식으로……."

"원청업체는요? 거기 가서 말씀드리지 그래요?"

"원청업체는 하청업체에 지불했다고 거기 가서 얘기하라고 하니까……."

"그럼 그런 공사를 안 하면 되는 거 아닌가요?"

"나도 그러고 싶지만 그러면 일이 없어서… 이나마 해야 목구멍에 풀칠을……."

"사장님은 밀린 대금이 얼마인 데요?"

"원래 제대로 다 받으면 2억 6천인데 이런 저런 명목으로 죄다 까이고 2억……."

"명목이라는 건 뭐죠?"

"그냥 자기 마음이죠 뭐. 공사현장에 와서 자재비다 관리비다 본청 임원 접대비다 하면서 공사대금에서 빼는 거예요."

"그럼 저 사장은 원청업체에서 돈을 제대로 받고 있다는 거네요?"

"그럼요. 저 사람은 입찰과 하청만 전문적으로 하면서 앉아서 돈을 쓸어 담아요. 워낙 그런 일에 빠꼼이다 보니까 여러 명의로 회사를 만들어서 우리 같은 3차, 4차 하청업체를 등쳐 먹고 사는 거죠. 듣기로는 재산이 수백억 대라고 하더라고요."

천 사장의 입에서 한숨이 새어 나왔다.

'허얼!'

길모도 한숨을 쉬었다. 사실 유흥가에도 악질업주는 있다. 자기 벌 거 다 벌면서 온갖 핑계로 웨이터들 월급까지 떼어먹은 인간들. 길모 역시 두어 번 당한 적이 있기에 더욱 공감이 갔다.

"걱정 마세요. 곧 받게 될 겁니다."

길모가 말했다.

"제 관상에 그런 것도 나왔나요?"

"예!"

길모는 대답에 힘을 주었다.

하지만!

천 사장의 관상에 그런 운은 없었다. 이건 전적으로 길모의 관상 능력에 달린 일이었다.

'마부위침(磨斧爲針)이오 우공이산(愚公移山)이라지 않는가?'

길이 없으면 길을 내면 그만. 이 또한 겁악제빈의 일환이었다.

작심하고 들어서자 길모는 눈빛부터 달라졌다. 그걸 먼저 느낀 건 혜수였다. 전무 옆에서 선방을 하던 그녀는 길모를 보고 움찔했다. 길모는 그녀에게 찡긋 윙크를 건네주었다.

"죄송합니다. 지금이 손님이 몰리는 시간이라……."

길모는 정중히 예를 갖추었다.

"사장님, 이 가게 좀 되는 모양인데 사장님이 사버리시죠."

전무가 하 사장을 띄웠다.

"그럴까? 야, 이 가게 시세가 얼마냐?"

그 밥에 그 나물인 사장이 길모를 마라보았다.

"건물은 십몇 억 나간다고 들었습니다만……."

"몇 푼 안 되네?"

"우리 가게 권리금은 따로 20억 정도 됩니다."

"뭐? 20억?"

콧방귀를 뀌던 사장이 상체를 세웠다. 물론, 길모도 권리금은 잘 모른다. 하지만 강남에서 방귀 좀 뀌는 룸이라면 그 정도 불러도 이상할 게 없었다.

"그 정도면 내 금고 하나만 열어도 되겠군."

사장이 거드름을 피우며 말했다.

"……!"

금고!

길모의 오른손에 팽 하는 긴장감이 맺혀왔다. 손의 본능이 깨어난 것이다.

"야, 들었냐? 우리 사장님이 이런 분이시다. 집 자체가 은행이라고."

전무가 가세한다. 다 같은 입을 지닌 손님이건만 무슨 말을 하든 싸가지하고 손을 잡고 있었다.

"그만 하고 관상이나 보지. 이번 사업만 성공하면 나도 국회 입성이다."

사장의 입에서 흥미로운 말이 튀어나왔다.

"정치하시게요?"

길모의 마음을 알아채기라도 한 듯 혜수가 물었다.

"잘 보여라. 우리 사장님, 해외진출만 확정되면 곧 국회 입성이시다."

전무가 부연설명을 했다.

그 사이에 길모는 하 사장의 관상을 읽어냈다.

"처자공덕(妻子功德)……."

어이없게도 처복이 풍년을 이룬 상이었다. 거기서 말문이 막혀 버렸다. 첫눈에 들어온 이 인간의 관상은 변절자상. 한마디로 남의 뒤통수나 치고 다닐 상이었다.

그건 앞이마를 보면 알 수 있다. 반듯하지 않은 앞이마 선. 나아가 머리카락이 시작되는 이마선 부위가 산발하며 난잡했다. 바로 배신자상이다. 그 아래 눈동자에는 노루꾸리한 물이 들어 인색하기 그지없는 상이다.

그런데 그 악상을 귀상으로 유지시켜 주는 게 바로 처복이었다. 한마디로 하 사장은 처복으로 먹고 사는 꼴이었다.

'어이없음.'

길모는 몰래 고개를 저었다. 이런 처복이라면 저기 천 사장에게 들어야 했다. 갖은 고생 끝에 성실하게 사는 사람이 아닌가?

하지만 길모는 기어이 하 사장의 횡액을 짚어냈다. 간문에 서린 흉색을 찾아낸 것이다. 바로 확인에 나섰다.

그전에 일단 립서비스부터 작렬시키는 길모. 미리 말했지만 웨이터라고 손님에게 뻐꾸기 날리지 말란 법은 없었다.

"광가광배(光加光倍)라 대운에 대운이 더하니 만사형통의 관상이십니다."

"오, 그래?"

본래 소인배는 칭찬에 어쩔 줄 모르는 법. 사장은 늘어졌던 몸을 세우며 물었다.

"미간의 윤기가 대운의 절정에 달해 있습니다. 그 빛이 갓 솟아오른 아침 햇살에 버금가니 무엇을 해도 성공하실 상입니다."

"그렇군. 어쩐지 올해는 뭐든 지르고 싶더라니……."

하 사장은 바로 고무되었다.

"제가 볼 때 딱 세 가지만 주의하시면 국회 입성은 따 놓은 당상입니다."

"그게 뭔가?"

띄워준 효과가 바로 나왔다. 좋은 것은 꼭 안고 가고 싶은 게 인간의 본성이기 때문이었다.

"우선 사모님이십니다."

"우리 마누라?"

"사장님 복의 근원은 사모님이시니 그분을 이롭게 하는 일이 곧 사업을 이롭게 하는 일입니다."

"큼큼! 그건 걱정할 거 없어. 우리 마누라는 내가 옆에만 있어주면 바라는 게 없는 사람이니까. 오늘도 절에 갔으니 글피까지 3박 4일 동안 내 공덕을 빌고 올 거야."

하 사장이 말했다. 그건 길모가 족히 짐작하는 바였다.

"나아가 작은 원성이 주변에 보입니다. 본시 작은 것이 쌓여 큰 원성이 되는 것이니 대운을 맞이하시려면 그 또한 미리 정리하심이 좋을 것 같습니다."

한마디로 하청업체 밀린 공사대금을 빨리 정산하라는 것.

"마지막으로……."

길모는 하 사장의 체형을 확인한 후에 마무리를 했다.

"불을 조심하십시오. 사장님은 수(水)형에 가까워 불(火)을 만나면 상극이라 모든 것을 잃을 수 있습니다."

여기서 길모는 몇 가지 복선을 깔았다. 하나는 대운의 절정. 이건 사실이었다. 그러나 좋다는 게 아니었다. 절정 다음은 내리막이니까.

마지막 말은 길모의 나갈 바였다. 실제 그의 가까운 미래 운에는 화마가 있었다. 물론 그리 크지는 않았다. 하지만 그건 길모가 개입하지 않을 때의 일이었다.

'화마는 모레 밤쯤…….'

길모는 하 사장의 관상에서 액운의 시간을 짚어냈다. 그건 곧 길모가 움직일 시간이라는 뜻이었다.

"어, 그래?"

하 사장이 거드름 피우며 상체를 세웠다. 듣자니 다 맞는 말. 그러니 화답을 해왔다.

"어이, 구 전무!"

"예, 사장님!"

구 전무는 벌떡 일어나 허리를 90도 각도로 숙인 채 지시를 받았다. 군대나 조폭이 따로 없었다.

"관상박사가 덕을 쌓으라고 하잖나? 여기 천 사장 지불 금액이 얼마야?"

목이 부러져라 힘을 주며 묻는 하 사장. 덕분에 천 사장의 귀도 쫑긋하게 서버렸다.

"글쎄요… 이것저것 정산하면 한 1억 되려나?"

"2억 800만 원입니다."

구 전무가 대략 넘기려 하자 천 사장이 대답했다. 그러자 구 전무의 눈이 독사처럼 번득이며 천 사장을 쏘아보았다.

"어허, 덕!"

하 사장이 나서서 또 덕(?)을 베풀었다.

"아, 예……."

"오늘 술도 쏘는 데다 천 사장이랑 인연도 각별하니까 여기부터 인심 쓰자고."

인심!

인심이란다. 길모는 목에서 욕이 치미는 걸 겨우 삼켰다.

하지만!

"긴급 자금으로 한 3천 미리 주라고."

"……!"

잔뜩 기대하던 천 사장의 미간이 확 일그러졌다. 1억도 아니고 3천이란다. 마땅히 줘야 할 돈을 주면서 인심 쓴다. 악질의 전형을 제대로 보여주고 있었다.

"어때? 이 정도면 액땜이 되려나?"

그러고는 굉장한 애국이라도 한 양 으쓱 길모를 바라보는 하 사장. 어찌나 뻔뻔스럽고 유들거리는지 구둣발로 면상을 확 찍어버리고 싶었지만, 길모는 공손히 웃었다. 어차피 저 느끼한 미소는 오래지 않아 통곡으로 바뀔 터.

[아오, 저 인간 진짜 파렴치한 악질이네요.]

복도로 나오자 장호도 펄쩍 뛰었다.

"그만하고 윤표나 불러라."

[체크하게요?]

"아니, 오늘은 대리 좀 시키려고."

길모는 장호의 어깨를 톡톡 두드려 주었다.

"고맙습니다."

술자리가 파하자 천 사장이 계산을 하며 쓸쓸히 웃었다.

"별말씀을……."

"그래도 홍 부장님이 도와줘서 3천이라도 받았잖아요. 한숨이 나오긴 하지만 당장 급한 임금은 일부 막을 수 있으니……."

다시 인사하는 천 사장의 눈가에 깊은 시름이 엿보였다.

"힘내세요. 오늘은 행운의 기색이 좀 약했고요 수일 내로 목돈이 생기게 될 겁니다."

"위로하지 않으셔도 됩니다."

"위로가 아니고 진짜예요. 또 아나요? 하 사장님이 마음이 변해서 나머지를 전부 변제해 주실지……."

"하핫, 오늘 보셨잖습니까? 지구가 뒤집어지면 뒤집어지지

저 인간은 안 변합니다. 애당초 인연을 맺은 내가 미쳤지요."

"……."

"아이고, 어쩐다… 대금 체불로 발목이 잡혔으니 다른 하청으로 빠지지도 못하고……."

천 사장은 한숨을 쉬며 계단을 올라갔다.

세 대의 차량이 주차장을 나왔다. 그중 두 대의 대리기사는 윤표와 그의 친구였다. 천 사장만이 진짜 대리기사가 핸들을 잡은 셈이었다.

"어땠어?"

배웅을 끝낸 길모가 혜수에게 물었다.

"최고였어요."

"최고?"

"완전 밥맛이잖아요. 하지만 관상 공부로 치면 독특한 별식 한 번 먹은 셈이라고 할까요? 희소가치가 있으니까요."

혜수가 웃었다. 부정도 긍정으로 받아들이는 흡인력을 가진 이 여자. 길모는 그 강단이 마음에 들었다. 룸 안에서도 처세가 필요하다. 밥맛 없고 재수 없는 손님이 들어오면 아가씨들은 대개 인상을 찡그린다. 그러다 손님이 빤찌를 놓으면 내심 땡큐하고 넙죽 퇴실한다. 손님이 싫다고 했으니 아가씨는 책임이 없다.

하지만 업주나 부장은 그 어떤 손님을 막론하고 테이블 시간을 때워주는 아가씨를 좋아한다. 밥맛 떨어지는 인간조차 긍정적으로 해석하는 혜수. 그녀는 벌써 텐프로의 생리 위에서 놀고 있는 건지도 몰랐다.

"그럼 우리, 그런 정신으로 두 번째 밥맛을 맞이해 보자고."

길모는 먼 야경을 바라보았다. 각기 빛을 뿜어내며 깊어가는 서울의 밤. 그 밤을 뚫고 정태수 의원이 올 시간이었다.

*　　　　*　　　　*

"다시 모시게 되어 영광입니다."

길모는 예를 갖춰 정 의원을 맞았다. 다음으로 김 변호사에게 인사를 했다. 아가씨는 혜수와 승아를 붙였다. 걸핏하면 스캔들이나 구설수에 오르는 의원들. 더러는 룸싸롱 출입도 의원들의 발목을 잡기도 한다.

하지만 그건 그 의원의 단골집이 아닐 가능성이 99.9%였다. 적어도 단골 룸이라면 그런 일은 일어나지 않는다. 제대로 된 룸이라면 입단속 또한 철저하기 때문이었다.

그런데 단골의 정의가 뭘까? 서 부장의 말에 의하면 두 번 이상 오면 단골에 속했다. 마음에 들지 않으면 한 번으로 거래를 끝내는 게 보통이니까.

"지난번에는 격조해서 죄송합니다. 관상 서비스도 제대로 못 해드리고……."

길모가 바람을 잡기 시작했다.

"아닐세. 여기 내 파트너가 봐줬지 않나?"

정태수는 여유를 부렸다.

"많은 국민들이 신뢰하시는 분입니다. 그 정도야 기본에 속하지요. 다만 그날은 제가 옆 룸에서 기력을 소진한 탓에……."

"오호, 관상을 보는 게 그렇게 힘들단 말인가?"

정태수가 관심을 보였다.

"대충 보는 거야 큰 힘이 들지 않지만 한 사람의 운명을 읽어 내려면 어마어마한 에너지가 필요합니다."

"그 정도라?"

"그 왜 전에 제가 말씀드리지 않았습니까? 여기 홍 부장에게 관상을 보고 가신 분들이 사업이나 투자에 큰 도움이 되었다고… 현재 최고의 관상대가로 꼽히는 모상길 씨도 홍 부장은 한 수 접어줄 정도입니다."

조용하던 김 변호사가 대화에 들어왔다.

"그래? 그런데 오늘은 컨디션이 괜찮다?"

정태수가 길모를 바라보았다.

"예, 분부만 내리시면 성심껏 봐드리겠습니다."

"그렇게 힘이 든다면 복채를 내야겠지."

"아, 아닙니다. 복채는 제가 내겠습니다."

정태수가 지갑을 꺼내자 김 변호사가 화들짝 놀라 일어섰다.

"어허, 나도 들은 바가 있다네. 이런 돈은 당사자가 내야지 그렇지 않으면 점괘가 잘 안 나온다고 하더군. 안 그런가?"

정 의원은 길모에게 동의를 구했다.

"맞습니다."

길모는 공손히 조아리며 100만 원 수표를 받아 들었다.

찬스!

길모의 눈이 독수리처럼 반짝거리기 시작했다. 몸소 주머니를 터는 건 최후의 방법. 가능하면 스스로 금고를 여는 길을 택하는 게 왕도(王道)였다.

'단 한 번!'

그 한 번에 끝장을 보리라.

"정 의원님 관상은……."

길모는 조용한 눈빛을 정태수의 얼굴에 겨누었다. 그리고 천천히 그의 몸을 훑어 내렸다.

무상(無相)!

실체 위에 얹어진 새로운 실체. 그 허물 속으로 치달은 길모는 정태수의 진짜 관상을 읽어냈다. 처음 길모를 안개 속에 빠뜨렸던 무상 따위는 더 이상 저해 요소가 되지 않았다.

'봉황 속에 숨은 닭상, 그리고 봉황 위에 올라앉은 호랑이상…….'

얼굴 각 부위에 서린 윤기는 그대로 읽었다. 수술로 인해 약간의 오차는 있었다. 높아지거나 넓어지거나. 하지만 신묘막측의 능력은 괜히 있는 게 아닌 법. 보이는 것과 보이지 않는 것을 합치니 그 파장의 장단고저 또한 길모의 손 안에 있었다.

"봉황의 관을 쓴 호랑이상이십니다."

"……?"

단 한마디에 흠칫 정태수가 반응하는 게 보였다. 보라, 그의 얼굴 근육이 꿈틀 흔들리지 않는가.

"무슨 뜻인가?"

그러나 그는 노련한 정치인. 뜻을 알고 있으면서도 자기 입으로는 내뱉지 않았다.

"봉황은 황제의 상징이오, 호랑이는 용맹의 상징이니 대권을 품을 만하다는 뜻입니다."

길모는 서슴지 않고 대답했다.

"그야 수도 없이 들어온 말."

정태수는 크게 감흥하지 않았다. 그 또한 주목 받는 정치인으로서 익히 들어온 말인 모양이었다.

'타이밍⋯⋯.'

잔뜩 뜸을 들이던 길모가 마침내 승부수를 띄웠다.

"하지만 사필귀정(事必歸正)이니 대오각성(大悟覺醒)이라⋯⋯."

"대오각성?"

"죄송하지만, 얼굴을 한 번만 더 보겠습니다."

중요한 순간, 길모는 한 번 더 뜸을 들였다. 그런 다음 다시 뒷말을 이어갔다.

"어쩌다 봉황을 감추고 호랑이 가죽을 씌우는 통에 운에 대변환이 생겼습니다. 그 극점이 바로 올해로군요."

"뭐라?"

"제가 잘못 봤습니까?"

"⋯⋯?"

정태수는 대답하지 못했다. 길모가 의미하는 게 뭔지 감이 오지만 선뜻 인정할 수는 없는 입장이었다.

"봉황의 대운이 6년 전에 왔으나 호랑이의 위세에 눌려 날개를 펴지 못했습니다."

"……!"

정태수의 안색은 점점 더 하얗게 질려갔다.

6년 전.

그는 실제로 대권주자로 나설 기회가 있었다. 하지만 막판 당내 경합에서 분루를 삼켰다. 그를 따르던 계파의 의원들이 투표에서 경쟁자를 지지해 버린 것이다. 나중에 그는 한 의원으로부터 그 이유를 들었다.

"의원님은 어쩐지 믿고 따르기에는 후덕함이 부족한 거 같아서……"

그 말은 결국 호랑이상과 연관이 있었다. 그들은 호랑이가 두려워서 따랐던 것이지 진심은 아니었던 것이다.

"그럼 언제 다시 대운이 오는 건가?"

정태수가 길모를 쏘아보았다. 담담한 척하던 아까 와는 판이하게 변한 눈빛이었다. 자기 자신을 관통하고 있는 이 관상가. 그의 대답이 궁금한 것이다.

"원래의 봉황으로 돌아가셔야죠."

"원래로?"

정태수의 이마에서 송글 땀방울이 흘러내렸다. 의학적인 뜻이라면 원래의 얼굴을 복구하라는 뜻. 하지만 그건 이제 와서 시도할 일이 아니었다. 그 답은 길모가 넌지시 내주었다.

"봉황은 본시 청수하고 고귀한 존재입니다. 부귀나 존엄의 상징이나 그 자신은 오직 대나무 열매만 먹으며 오동나무에서만 나래를 접고 내려앉지요. 하온데 봉황이 잡물을 몸에 품는다면 어찌 수만 리를 고고하게 날 수 있겠습니까?"

"……"

"비우고 비우고 또 비우십시오. 설령 의원님이 안에 감춘 봉황을 포기하고 호랑이로 산다고 해도 마찬가지입니다. 호랑이 역시 먹이 따위를 저장하지는 않으니까요."

"욕심을 내려 놓으라 이 말인가?"

"비우셔야만 높이 날 수 있습니다. 다행히 이제 비움의 시기가 도래했으니 기꺼이 새로운 운을 맞으시기 바랍니다."

"무엇으로 그렇게 확신하는 건가?"

"의원님의 운명은 그 얼굴에 다 들어 있습니다. 두 번의 신호가 짜글짜글 오지 않았습니까?"

'신호?'

정태수의 눈이 휘둥그레졌다.

"두 달 전과… 4주 전… 재백궁과 복덕궁에 빈 흔적이 남았습니다."

"……!"

"이 비움은 코앞에 와 있지만 달리 생각하시면 대운입니다. 기꺼이 맞이하지 않는다면 대운살에 치여 옥고를 치르실지도 모르겠습니다. 그렇게 되면……."

길모는 마지막 마무리에 들어갔다.

"봉황과 호랑이는 사라지고 그 얼굴 깊은 곳에 들어 있는 마지막 운, 닭상이 활개를 치게 될지도 모르지요."

닭상!

정태수는 그 의미까지 알고 있는 건가?

하얗게 질렸던 얼굴이 까맣게 타들어가기 시작했다.

"잠시들 자리를 비워주시게나!"

정태수가 심각한 목소리로 말했다. 김 변호사는 두말없이 일어섰다. 혜수와 승아도 길모가 내보냈다. 룸 안에는 길모와 정태수의 눈빛만이 찬란했다. 침묵하지만 눈빛은 멈추지 않았다. 소리 없이 강력하게 움직이고 있는 것이다.

'먹히고 있다.'

길모는 회심의 미소를 삼켰다. 관상왕의 권능으로 뿌린 떡밥을 정태수가 물었다. 그렇다면 이제 줄을 늦추고 당기며 그물을 보여줄 차례였다. 정태수의 운명. 그걸 기다리는 질긴 그물. 바로 길모가 설치한 그 그물…….

"기가 막히군."

혼자 남은 정태수가 마침내 혀를 내둘렀다. 거물 정치인의 모습다웠다. 타인 앞에서는 결코 속내를 가감 없이 비추지 않는 것이다.

"송구합니다."

"아닐세. 홍 부장의 말이 다 틀린 건 아닌 것!"

정태수는 여전히 마지막 방어막을 거두지 않았다.

'역시 정치인…….'

길모는 소리 없는 미소를 삼켰다.

"정말 내 얼굴 속의 봉황이 보인단 말인가?"

"예."

"그 봉황 뒤의 닭도?"

잠시 간격을 둔 정태수가 또 물었다.

"예!"

"허어!"

짧은 헛웃음에 이어 대소가 터져 나왔다.

"와하하핫!"

한참을 웃던 정태수가 바로 웃음을 끊어버렸다. 그리고 길모를 바라보며 질문을 이었다.

"그래, 그렇다고 치고 아까한 말 말일세."

"……."

"재백궁과 복덕궁이라는 거 말일세."

"예……."

"얼마나 빠졌는지도 맞춰보시게. 그러면 자네 실력을 인정해 주겠네."

정태수가 딜을 던졌다. 끝 간 데 없이 사람을 시험하려는 못된 습관. 그 또한 정치 바닥에서 쌓아온 관록(?)이라면 관록이었다.

하지만 그는 상대를 잘못 짚었다. 길모는 그저 그런 삼류 관상가가 아니었다.

"첫 번째는 큰 거 열 장 정도… 두 번째는 다섯 장 정도입니다. 그 외에도 자잘하게 두어 달 간격으로 5천에서 1억 정도씩 내주셨군요. 그것도 꼬리를 치며 바친 자들의 변심으로!"

"……!"

출렁.

길모는 보았다. 정태수의 눈동자가 격하게 흔들리는 걸. 너무 디테일하게 짚어버린 모양이었다.

"더 없나?"

"있습니다. 재복궁이 열렸으니 그런 일은 줄을 설 겁니다. 내일도 모레도… 그보다 큰일은 코앞에 닥친 구설수로군요."

"구설수?"

"그 일과 관련된 구설수를 노리는 사람이 있습니다. 기자인가요? 의원님의 미래 향배를 결정지을 정도로 결정타가 될 수도 있겠군요."

"끄응!"

정태수의 입에서 신음이 새어 나왔다.

"그럼 말이야……."

버겁게 침을 넘긴 정태수가 싸아한 목소리로 캐물었다.

"대체 어디까지 비워야 한다는 건가?"

질문과 함께 정태수와 길모의 눈동자가 허공에서 충돌했다. 그건 차라리 벼린 창과 검이었다. 서로 허술한 곳을 노리는 절정의 눈빛들이 거기 있었다.

길모는 대답대신 잔을 들어 올렸다. 그리고 조용하게 말했다.

"건배(乾杯)입니다."

"건배?"

건배!

많은 사람들은 이 말을 잔 부딪치는 것으로 생각한다. 하지만 다른 뜻도 들어 있다.

"건배에는 술을 비우라는 뜻도 있지요. 이렇게 말입니다."

길모는 술잔을 기울여 안의 내용물을 마지막 한 방울까지 다른 빈 잔에 부었다. 잠시 후에 잔을 털자 길모 손의 잔은 깨끗이 비워져 있었다.

"……."

정태수는 숨조차 쉬지 않았다. 길모에게서 술잔으로 옮겨간 눈빛만이 깜박거렸다.

"그 시기가 코앞에 도래했다?"

"예."

"그게 내게는 대운이다?"

"예."

"허어, 이것 참……."

"……."

"조부만 알고, 조부께서 바꿔준 운명을 이처럼 통렬하게 꿰고 있는 관상가가 있다니……."

'조부?'

집중하던 길모의 관골 살이 꿈틀 움직였다. 기상을 호랑이상으로 바꿔놓은 주인공이 밝혀지는 순간이었다.

"죄송하지만 혹시 그분께서 왜 의원님의 운명을 바꾸셨는지

사연을 들을 수 있을까요?"

"그건……."

정태수는 목이 마른지 자기 손으로 술을 따랐다. 그런 다음에 원샷으로 마셔 버렸다.

"관상 보는 절친의 권유였다고 들었네."

"……?"

이번에는 반대로 길모의 눈이 휘둥그레졌다.

'역시……'

그랬다. 어렴풋이 짐작으로 닿던 상상. 성형이 보편화되지 않은 시기에 송두리째 바꿔놓은 정 의원의 얼굴. 길모도 혹시나 하고 있던 차였다.

"조부께서 다른 말씀은 없었습니까?"

"없었네. 조부는 내가 미국에서 돌아오기 무섭게 급환으로 세상을 뜨시는 바람에……."

"그러셨군요."

길모는 더 묻지 않았다.

그건 정태수의 불운이었다. 옛날에 관상을 바꿔 운명의 개척을 제시할 정도라면 분명 따로 언질이 있었을 것이다. 그런데 조부가 급환으로 죽는 통에 정태수에게 전달되지 않은 모양이었다.

하긴 따로 말할 필요를 느끼지 않았을 수도 있었다. 정태수의 변한 상은 호랑이. 맹수는… 배가 고플 때 외에는 사냥에 나서지 않는 법.

그건 본능이다.

그런데 정태수는 그걸 어겼다. 공천이니 뭐니 하면서 너무 시도 때도 없이 많은 돈을 챙겼다. 호랑이의 곳간에 고기가 넘치니 썩는 냄새를 피우기 시작한 것. 대저, 사랑과 냄새는 감출 수도 없지 않은가?

"그럼 말일세, 재단 같은 건 어떤가? 장학재단… 내 관상에 그런 건 없나?"

재단!

정치인들의 꼼수는 그의 머리에도 들어 있었다. 재단은 정치인들의 단골 꼼수다. 재단은 미국에서도 말이 많다. 세금을 피하기 위한 우회 상속이라고 한다.

재단을 만든다. 전 재산을 재단에 헌납한다. 그 이익금이나 재단출연금 일부로 사회봉사 구호활동을 하면서 칭송까지 받는다.

멋지다.

하지만 그 재단은 여전히 헌납자의 손에 좌우된다. 심지어는 세금도 내지 않는다. 완전 땅 짚고 헤엄치기다. 물론 미국의 얘기지만 한국이라고 그리 다를까? 그 법을 만드는 게 정치인들임에야.

"고래를 아십니까?"

길모가 조용한 미소로 물었다.

"고래?"

"어떤 글을 보니 그렇게 나오더군요. 먼 과거에 고래는 육상

동물이었답니다. 그들은 지구의 변화로 멸종당할 위기에 처하자 발을 버리고 바다로 갔답니다. 덕분에 그들은 지금 지구상에서 가장 큰 동물로 살아남을 수 있게 된 거죠."

미련을 남기지 마라. 길모는 우회적으로 정태수에게 메시지를 던졌다.

"뼈를 깎을 정도로 비운다?"

기세등등하던 정태수의 눈가에 짧은 회한이 스쳐 갔다. 이제사 공천 장사가 마음에 걸리는 것일까?

하지만 그의 눈빛은 시들되 완전히 꺾이지는 않았다.

'결국 끝을 봐야 인정하겠다?'

길모는 그의 속내를 읽고 복도로 나왔다. 상관없었다. 관상왕으로서 계도(?)는 다 했다. 응하면 좋고 불응하면 응징으로 다스리면 그뿐.

"홍 부장, 나 좀 보세."

복도에서 서성거리던 김 변호사가 길모를 잡아끌었다.

"의원님이 뭘 묻던가?"

계단참으로 나온 김 변호사가 물었다.

"별말씀 없으셨습니다."

"이 사람, 우리 사이에 왜 이러시나?"

몸이 달아오른 김 변호사가 10만 원 수표를 찔러주었다.

"죄송하지만 이건 들어가실 때 과일이라도……."

길모는 넌지시 거절했다. 이제부터 길모가 뻥긋하는 말은 자칫 천기누설에 버금가는 말. 그걸 단돈 10만 원에 넘길 마음은 없었다.

"이러면 되겠나?"

눈치 빠른 김 변호사가 100만 원 수표를 두 장 더 올렸다.

"그럼 김 변호사님 얼굴 봐서 말씀드리는데……."

길모는 수표를 챙기며 말꼬리를 붙였다.

"변호사님은 정치인보다 변호사가 잘 어울립니다."

"……?"

"안으로 들어가시죠. 의원님 기다리십니다."

"잠깐!"

김 변호사가 다시 길모의 팔목을 잡았다.

"의원님 언질이 있으셨나? 나는 안 된다고?"

"실은 의원님보다 더 높은 곳에 계신 분이 언질 하셨습니다."

"더 높은 곳?"

"그분 말입니다. 변호사님의 얼굴을 만들어주신……."

"……?"

"내일 소송이 있으신가요?"

"그러네만……."

"일이관지(一以貫之)라… 한 우물 파기를 소홀하시니 패소하실 겁니다. 그 또한 그분의 신호입니다. 자기 자리로 돌아가라는……."

길모는 계단 밖의 하늘을 가리켰다. 어차피 김 변호사는 줄을 잘못 섰다. 시든 호랑이 정태수에게 올인한 김 변호사였으니 공천은 어려웠다.

"정치의 꿈을 접으라는 건가?"

"……?"

"말해주시게. 모 대인이 말하길 홍 부장이라면 내 인생의 이정표를 알려줄 능력이 있다고 하셨네."

재차 묻는 그에게 길모는 헤르프메의 명함을 건네주었다.

"정치하실 열정으로 공덕을 쌓으시는 게……."

그 말을 끝으로 길모는 돌아섰다. 길게 대꾸한 생각도 없었다. 어차피 길모의 사냥감은 정태수였지 김 변호사가 아니었다.

정태수가 돌아갔다.

김 변호사도 돌아갔다.

1번 룸은 잠시 비었지만 길모의 긴장은 후끈 타올랐다.

정태수!

그의 관상을 벗겨냈다. 혜수를 통해 금고가 있다는 것도 알았다. 다른 인간들처럼 재력 자랑질을 한 건 아니지만 술김에 나온 정보였다.

와이프는 불면증, 하루도 수면제 없이 잠들지 못한다.

큰아들은 공군 복무 중, 작은아들은 영국 유학 중.

보좌관들은 주로 새벽 6시에 출근, 정태수가 귀가하면 퇴근.

술을 따라 나온 정보. 응징을 나서게 되면 알토란처럼 참고가 될 사안들이었다.

'술은 참 매력덩어리란 말이지.'

길모는 조금 남은 술을 바라보았다.

술을 마시면 사람들의 입이 술술 열린다. 이 얼마나 위대한 마법인가?

지나치면 그만한 독도 없지만 확실히 술은 장점이 많은 발명품이었다.

[형, 윤표 왔어요.]

생각에 골똘할 때 장호가 문을 열었다. 길모는 장호를 따라 밖으로 나왔다. 친구는 가고 윤표 혼자였다.

"잘 다녀왔냐?"

길모가 물었다.

"예."

"체크는?"

"가면서 통화하는 거 들었는데 마누라 없다고 계속 약속을 잡았어요. 내일 저녁에도, 모레하고 글피 저녁에도 술 약속 정하던데요?"

"하청업체 쪼아서?"

"그런 거 같았어요."

"집은? 확인했냐?"

"그럼요. 제가 누군데요."

윤표가 핸드폰을 꺼내 흔들었다. 그가 화면을 터치하자 동영상이 길모에게 전송되어 왔다.

"다른 말은?"

"가정부가 있나본데 출퇴근하는 모양이에요."

'출퇴근이라……'

나쁘지 않았다. 그건 곧 밤에는 없다는 뜻이었으므로.

"수고했다."

길모는 윤표 주머니에 10만 원 수표 두 장을 찔러주었다.

"갈게요. 나중에 보자, 장호야!"

윤표는 구석에 세워둔 자기 오토바이에 올랐다.

그 사이에 이 부장이 손님을 모시고 나왔다. 그는 대리기사에 앞서 몸소 차 문을 열어주었다. 하지만 웬일인지 손님은 이 부장을 밀어냈다. 룸에서 기분이 상한 모양이었다.

"아, 진짜 더러워서……."

손님 차가 가자 이 부장이 카악 퉤 하고 침을 뱉었다.

"왜요?"

길모가 이 부장을 바라보았다. 요즘 들어 점점 까칠해지는 이 부장. 그렇다고 해도 같은 가게에 근무하니 동료가 아닌가?

"나도 이 짓 그만두던지 해야지, 복장 터져서 살겠냐?"

"진상이에요?"

"손님이 진상이 아니라 창해가 진상이다."

"예?"

창해…….

그녀의 허영심이 본격적으로 분출하는 모양이었다.

"이게 에이스라고 봐줬더니 간댕이가 부었나? 슈킹을 날려도 어느 정도여야지. 며칠 전에 0.7캐럿 다이아반지 사줬다는데 바로 또 명품시계 사달라고 조르니 손님이 짜증을 내잖아? 애들 교육 좀 시키라고……."

"……"

"창해 관상이 원래 그런 관상이냐? 애가 너무 변해서 나도 미치겠다."

"관상은… 원래 변하는 겁니다."

"변해? 그게 말이 돼? 얼굴이 어떻게 변해? 늙으면 늙었지."

이 부장은 길모 말을 믿지 않았다.

"변합니다. 그건 사실이에요."

"알았다. 알았어. 이제 매상 경쟁이라 너도 내 적인데 나 도와주겠냐? 물어본 내가 병신이지."

이 부장은 짜증을 작렬시키고 계단을 내려갔다.

[아, 진짜… 왜 우리한테 신경질이래요?]

"그냥 둬라. 창해가 많이 변한 건 사실이니까."

[그래도 그렇죠. 그게 뭐 형 탓이에요?]

"앙탈하는 거잖냐? '나 힘드니까 좀 알아줘' 하고. 우리도 저거 많이 했었지?"

길모가 웃었다.

사람은 누구나 자신이 힘들어지면 신호를 보낸다. 나 힘들어하고. 그리고 위로와 격려를 바란다. 그뿐이다. 더구나 이 부장은 프로 중의 프로 웨이터가 아닌가?

찬바람을 뒤로 하고 계단을 내려서자 움찔하는 오 양이 보였다.

오 양!

'검은 눈동자가 흔들린다.'

기색을 보니 뭔가 수작을 부리다 들킨 얼굴이었다. 오늘만 두 번째… 도벽이 의심가지만 방 사장은 아직 이렇다 말이 없었다. 그저 견제구나 날리는 수밖에 없었다.

"오 양아!"

길모는 모른 척 오 양을 불렀다.

"왜, 왜요? 커피 드려요?"

"커피 말고 관상 좀 봐줄까?"

"저, 저요?"

"응. 요즘 좀 기색이 안 좋은 것 같아서 말이야."

"내, 내가요? 나 건강해요."

"그래? 그런데 왜 걸핏하면 동공이 불안정하지? 그건 심장이 쫄깃해질 때 나타나는 반응인데?"

"……?"

"뭐든 너무 무리하지 마라. 건강이 최고야."

길모는 의미심장한 미소를 남기고 1번 룸을 열었다.

[어, 여긴 연희동 쪽인데요?]

길모가 동영상을 열자, 옆에서 고개를 들이밀고 있던 장호가 말했다. 화면은 진짜 연희동이었다. 신기하게도 정태수 저택의 골목길도 보였다.

영상은 한 골목을 넘어갔다. 그러다 한 주택 앞에서 멈췄다. 고만고만한 모습으로 옹기종기 이웃을 이룬 주택들. 길모와 장호의 눈은 영상이 멈춘 주택이 뚫어져라 쏘아보았다.

[형…….]

영상을 가리킨 장호의 손가락이 파르르 떨었다.

'맙소사!'

우연일까? 아니면 뭔가 잘못된 걸까? 하지만 잘못된 게 아니었다. 그건 대문 옆에 달린 문패에서도 확인이 되었다.

하승곤.

악질 하청업자의 이름 세 글자가 또렷했다.

그 집은 바로 정태수 저택의 뒷집. 그러니까 길모와 장호가 정태수 집의 금고를 접수할 때 통로로 쓰려던 그 집이었다.

이런 우연도 있을까?

정태수 의원과 뒤쪽 담장을 이웃하고 있는 하승곤 사장. 우연이지만 오묘한 배치였다. 초록은 동색이라더니 악질들도 서로 땡기는 모양이었다.

한편으로는 행운이었다. 두 집을 동시에 털면 비즈니스의 효율을 높일 수 있다.

그러나 다른 한편으로는 난이도가 높아졌다. 토끼 한 마리보다는 두 마리를 사냥하는 게 어려우니까.

길모는 궁리에 궁리를 거듭했다.

이렇게 되면 이쪽에도 속하고 저쪽에도 속하는 집합을 파악할 필요가 있었다.

교집합!

그게 필요한 것이다.

정태수의 집도 비고 하승곤의 집도 비는 시간…….

일단 하승곤은 문제가 없었다. 와이프가 불공을 드리러갔고 하 사장은 그 자유를 만끽하기 위해 며칠 내내 술자리를 마련한 상태.

'문제는 정태수……'

일단 검색을 해보았다. 유명한 의원이지만 가까운 장래의 스케줄은 뜨지 않았다. 생각에 골몰할 때 밖에서 소란이 일었다.

와장창!

병 깨지는 소리가 났다. 정확히 맥주병 깨지는 소리였다. 길모는 1번 룸 문을 열고 나왔다. 복도에는 부장들과 아가씨들이 웅성거리고 있었다. 사건의 발단은 이 부장의 4번 룸이었다.

"그럼 내가 그만두면 되잖아요!"

창해 목소리다.

"야, 이창해!"

"왜요? 부장님이 내 인생 주인이라도 되요? 왜 그렇게 참견하는데요?"

"이건 참견이 아니잖아?"

"참견이 아니면 관심이에요? 부장님, 나 좋아해요?"

"야, 이창해!"

"아, 진짜 사람 쪼잔하게……."

창해는 머리를 쥐어뜯으며 복도로 나왔다.

"뭐예요? 뭐 구경났어요?"

복도에 몰려선 사람들을 향해 짜증을 퍼붓는 이창해. 그녀는 야시시한 홀복을 입은 채 옷과 가방을 움켜쥐고는 그대로 밖으로 나가 버렸다.

"야야, 퇴근들 해라. 퇴근… 이런 거 처음 보냐?"

방 사장이 바로 수습에 나섰다. 아가씨들은 웅성웅성 돌아서더니 하나둘 카날리아를 나갔다.

"부장들, 내 방으로 와라. 회의 좀 하자."

방 사장은 그 말을 남기고 사무실로 들어갔다.

이 부장은 맨 마지막으로 들어왔다. 그 사이에 양주라도 몇 잔 마신 건지 술 냄새가 등천을 했다.

"이 부장!"

방 사장의 시선이 이 부장에게 날아갔다.

"죄송합니다."

"다른 방에 손님도 있었어. 알잖아?"

"면목 없습니다. 이 쌍년이 하도 속을 썩여서……."

이 부장 입에서 욕설이 튀어나왔다. 얼마나 화가 난 건지 알 것 같았다.

"경과나 말해봐!"

방 사장이 담배를 물며 물었다.

카날리아!

템프로다.

박스의 영업자율권은 최대한 보장받는다. 그러나 카날리아는 방 사장의 소유였다. 누구든 자기 영업방식에 정면 배치된다고 생각되면 가차 없이 짜르는 게 방 사장 스타일. 그는 그만한 능력이 있었다.

"얼마 전부터 손님들에게 지나치게 공사를 하고 있습니다. 지명들 뜯어먹는 거야 에이스들 능력이지만 그게 너무 심하다 보니 손님들이 발길을 끊고 있지 뭡니까? 그래서 한 차례 경고를 주었는데 오늘만 해도 벌써 3번째……."

"그 정도야?"

"제가 웬만하면 에이스에게 그러겠습니까? 이러다간 제 단골들 다 떨어집니다."

"걔는 원래 그런 과 아니잖아?"

"그러니까 제가 더 미치는 거 아닙니까?"

이 부장의 얼굴은 완전 우거지에 가깝게 변해갔다.

"늦게 배운 도둑질이 무섭다더니 제대로 맛 들인 모양이군."

"아무튼 죄송합니다. 앞으로 주의하겠습니다."

"알았어. 그만들 나가봐."

방 사장이 연기를 뿜으며 말했다.

"뭐 그건 그렇고 기왕 모였으니 이달 스코어 중간 결산 좀 해주시죠."

잠자코 있던 강 부장이 방 사장을 바라보았다.

"지금?"

이런 분위기에서? 방 사장의 눈은 그렇게 말하고 있었다.

"뭐 이런 일 한두 번입니까? 이 부장 내공이 이런 거에 흔들릴 사람도 아니고……."

강 부장이 웃었다.

그의 말이 틀린 것도 아니었다. 허구한 날 크고 작은 사고가 일어나는 카날리아였다. 그러니 룸에서 일어난 밀당 정도야 큰 일로 보기도 어려웠다.

"근소하게 길모가 1등, 2등은 서 부장!"

"예? 길모가 1등이라고요?"

방 사장의 말에 바로 눈살을 찌푸리는 강 부장.

"농담 아니십니까? 서 부장님이라면 몰라도……."

"거, 사람 말 못 믿어? 길모가 1등이라고 했잖아? 근소하게!"

"……!"

강 부장의 눈이 길모에게 쏠려왔다. 이 부장의 눈도 그 뒤를 따랐다.

"가봐. 아직 며칠 남았으니까 분발들하고."

방 사장이 손을 저었다. 길모와 세 부장은 복도로 나왔다.

"으아, 이게 말이 돼? 홍 부장이 1등?"

강 부장은 여전히 믿기지 않는 모양이었다.

"서 부장님, 안 그렇습니까? 저도 미친 듯이 뛰었는데 길모라니요?"

"아직 며칠 남았다잖아? 아무튼 홍 부장 대단하네."

서 부장은 조용한 미소를 지어 보였다. 길모는 그 미소를 향해 가볍게 고개를 숙였다.

"강 부장님, 지금 불난데 부채질입니까? 그걸 꼭 오늘 물어봐야 하냐고요?"

얼굴이 벌겋게 달아오른 이 부장이 기어이 볼멘소리를 토해

냈다.

"아, 좀 물어보면 안 돼? 이 부장도 어제부터 궁금해했잖아?"

"그건 어제지요. 오늘은 기분도 더러운데……."

"이 사람이, 지금 창해가 하극상한 거 나한테 화풀이하려는 거야?"

"누가 그렇답니까? 말을 해도 꼭……."

이 부장은 짜증을 남기고 가버렸다.

"야, 이 부장……."

강 부장도 이 부장을 따라 계단을 올라갔다.

"신경 쓸 거 없어. 홍 부장은 페이스대로 밀고 나가."

마지막 남은 서 부장은 길모의 등을 토닥여 주고 나갔다.

[아, 룸 분위기 살벌하네요.]

카운터 앞에 앉아 있던 장호가 다가왔다.

"그러게."

[그나저나 창해… 저러다 그만두는 거 아니에요?]

"그럴 수도……."

에이스들!

상대적으로 갈 곳이 많다. 창해 정도라면 마이낑 수천만 원은 일도 아니다. 그러니 설령 이 부장에게 가불이 있다고 해도 갈 곳의 업소에서 받아서 털어버리면 그만이었다.

하지만!

창해는 옮기지 않을 것이다. 그건 변함없는 천이궁(遷移宮)이 말하고 있었다. 천이궁은 이마 끝 좌우 모서리. 이사나 직장 변동 등을 읽을 수 있는 곳이다.

'모르지… 혹 선행이나 덕행이 있어 심상이 관상을 눌러줄지도…….'

길모는 장호보다 먼저 주차장으로 나왔다. 이 부장이 보였다. 그는 자기 차에 기대 심난하게 담배를 빨고 있었다.

"이 부장님!"

"……."

이 부장은 대꾸하지 않았다. 이래저래 상한 자존심. 길모는 그걸 이해하고 있었다.

"창해, 가게 옮기지는 않을 겁니다. 그냥 욱해서 그런 걸 테니 잘 다독여 주세요."

"그것도 관상이냐?"

이 부장이 심드렁하게 물었다.

"예……."

"그럼 언제까지 저러는지도 알 수 있냐?"

"……."

"모르냐?"

"앞으로 계속 저럴 겁니다."

"뭐야?"

"아까도 말했지 않습니까? 창해의 관상이 변했다고…….."

"그럼 또 변할 수도 있잖아? 예전의 그 참한 관상으로…….."

"그렇겠죠. 하지만 당장은 아닙니다."

"왜? 이 참에 나를 뭉개고 네가 3대 천황에 이름 올리고 싶냐?"

"그런 생각은 없습니다."

"내가 볼 땐 네 얼굴이 쫙 써 있는데?"

이 부장의 표정에는 냉소와 원망이 가득 차 있었다.

강북의 3대 천황. 그 강력한 프라이드가 흔들리는 게 보였다.

"앞으로 몇 달, 형님은 운이 별로 좋지 않습니다. 그러니 매사 의연하게 대처하는 게……."

"야, 홍길모!"

"예?"

"가라. 괜히 개 풀 뜯어먹는 소리 왈왈거리지 말고."

"그러죠. 기분 상했다면 이해하십시오."

길모는 가벼운 인사를 남기고 물러났다.

우이독경(牛耳讀經)!

진심을 받아들이지 못할 정도로 꼬여 있다면 굳이 수고를 더 할 필요가 없었다.

*　　　　*　　　　*

아침 해가 밝았다.

길모는 차에서 꿈을 꾸고 있었다. 자지 않으려 했지만 관상왕 도 눈꺼풀이 누르는 힘은 당해내지 못했다.

꿈에서 길모는 아버지를 만났다. 살아생전 늘 고단해 보이던 아버지. 때로는 헐벗은 아이들을 더 챙겨서 혼자 울기로 했던 길모였다.

아버지는 해맑아 보였다. 아버지가 살아 있을 때 가장 편안하던 얼굴. 바로 그 얼굴이었다.

"아버지……."

길모가 다가서자 아버지는 팔을 벌렸다. 그리고 햇살처럼 포근하게 길모를 안아주었다. 눈시울이 뜨거워졌다. 길모는 아버지 품에 마음껏 안긴 적이 없었다. 아버지는 늘 바빴고 늘 고단했다. 그는 자신의 영달보다 가련한 아이들을 돕는 일에 더 많은 투자를 했기 때문이었다.

"우리 길모……."

아버지의 손이 길모의 이마를 쓰다듬었다. 목소리는 아련하지만 그래서 더 좋았다.

아버지!

길모가 고개를 들자 아버지의 얼굴은 햇살을 따라 흩어졌다.

[형, 그새 졸고 잠꼬대까지 해요?]

길모의 눈앞에 불쑥 들어온 건 장호였다. 고개를 드니 낯선 소파들이 보였다. 헤르프메의 사무실 안이었다.

'아차!'

그제야 정신이 번쩍 들었다. 이른 새벽, 퇴근길에 걸려온 전화. 그건 노은철이었다.

─바쁘더라도 오늘은 꼭 와줬으면 좋겠는데?

은철은 꼭을 강조했다. 몇 번 거절했지만 어쩔 수 없었다. 그만큼 은철이 간곡했던 것이다.

라이더 장호와 함께 도착한 헤르프메. 잠시 기다리는 사이에 깜박 잠이 든 모양이었다.

밤을 새워본 사람은 알 것이다. 어느 순간 눈만 감으면 바로 잠에 떨어진다는 걸. 그래서 밤샘 직업이 힘들었다.

[형, 커피!]

장호가 커피를 뽑아왔다. 그걸 마시니 좀 나았다.

"노 변은?"

[곧 들어올 거예요.]

장호의 말이 신호였을까? 노크 소리가 들려왔다. 길모는 장호와 함께 눈을 돌렸다.

"……?"

열린 문을 바라본 길모는 눈을 꿈뻑거렸다. 문 앞에 선 건 대여섯 살쯤 된 여자 아이와 남자 아이였다. 둘은 깔끔한 복장을 갖춰 입고 소담한 꽃다발을 들고 있었다. 그 뒤에 은철의 발이 와서 멈췄다.

"저 삼촌이 너희에게 새 삶을 주셨다. 가서 인사드려야지."

은철이 두 아이의 등을 밀었다. 그러자 두 아이가 쪼르르 달려와 길모에게 꽃다발을 내밀며 합창을 했다.

"저희 병을 고쳐 주셔서 고맙습니다."

한마디 한마디 또렷한 아이들이 목소리. 어안이 벙벙한 길모에게 은철이 눈짓을 했다. 그 눈짓을 따라 시선을 돌리자 벽의 화면에 영상이 들어왔다.

'읍!'

하마터면 소리를 낼 뻔했다. 영상 속의 아이들은 기형에 가까운 괴물의 얼굴을 하고 있었다. 괴물은 곧 사라졌다. 이어진 화면에 나타난 건 지금 길모 앞에 서 있는 아이들이었다.

After와 Before!

완전 딴판이었다.

"홍 부장 덕분에 새 삶을 얻은 아이들이야. 워낙 기형이라 수술비가 부담스러워서 부모님들이 포기하고 있었거든."

은철의 설명이 이어졌다.

"그러니까 얘들이 저 화면의?"

길모는 믿기지 않아 눈만 끔벅거렸다. 그러면서도 본능적으로 아이들 관상을 보게 되는 길모. 그건 완전 성형자들의 무상(無相) 때문이었다.

하 사장과 정태수처럼 아이들도 무상이었다. 하지만 길모는 볼 수 있었다. 지금은 하나도 중요하지 않지만……

"관상왕답지 않게 왜 그러시나? 그냥 한 번 안아주면 될 것을."

길모가 넋을 놓고 있자 은철이 한마디를 보태왔다.

"……"

"그동안 추진한 사례가 한두 건이 아니지만 일일이 다 모시면 생색이나 내는 것 같아서 개들만 초대했어. 그쪽 부모님들이 워낙 인사라도 드리겠다고 성화를 하시는 통에……"

"얘들이……"

길모의 손이 아이들 얼굴로 옮겨갔다. 아이들은 피하지 않고

째액 웃었다. 순간 꿈에 스쳐 간 아버지가 떠올랐다.

선몽일까?

아버지가 그랬다. 거지보다 더 꼬질꼬질한 아이들을 데려와 씻기고 먹이고는 행복해하던 모습. 그때 어린 길모는 뒤에서 시샘 어린 원망을 하기도 했지만 이제는 확실히 알 것 같았다. 아버지가 왜 그랬는지. 왜 자선과 봉사에 전 생을 바쳤는지……

길모는 두 팔을 벌려 아이들을 품에 안았다.

"어이구, 안 불렀으면 큰일날 뻔했네. 잘하면 울겠는데?"

은철이 혀를 차며 놀렸다.

"울긴 누가 운다고 그래? 애들이 귀여우니까 그러는 걸 가지고……"

"그만 감격하시고 나가 봐."

"밖에?"

"응, 홍 부장 기다리는 사람이 또 있거든."

"애들만 불렀다며?"

"어허, 걔들이 혼자 오나? 당연히 부모님들이 오셨지."

"……!"

[형, 꽃은 내가 가지고 있을게요.]

상황을 파악한 장호가 손을 내밀었다.

"아이고, 홍 부장님!"

사무실 쪽으로 나오기 무섭게 여자 셋이 달려들었다. 둘은 할머니고 한 사람은 아이들의 엄마였다.

"고맙습니데이, 참말로 고맙습니데이!"

"아이고, 아이고, 이거 고마워서 어쩌나……."

두 할머니는 길모를 잡더니 통곡부터 터뜨렸다. 행색을 보아하니 가난이 덕지덕지 붙은 사람들. 가난하니 가진 건 정밖에 없어 그걸 쏟아내는 것이다.

그 사이로 엄마가 큰절을 올려왔다.

"어, 이러시면……."

길모가 당황하자 은철이 웃으며 말했다.

"그냥 받으셔. 나도 얼떨결에 받아버렸거든."

얼굴은 웃지만 눈동자는 벌써 젖어버린 노은철.

"드릴게 없어서 이걸 가져왔어요. 별거 아니지만 좀 받아줘요."

할머니 하나가 산더덕을 내밀었다.

"나는 된장을 좀 퍼왔어요. 3년 전에 우리 친언니가 담아준 건데… 맛은 제대로 들었는데 이런 걸 드려도 되려나……."

두 할머니는 주섬주섬 선물을 내밀었다. 더덕은 신문지로 둘둘 말려 있고 된장은 작은 주발에 담아 보자기로 싼, 그야말로 투박하기 그지없는 것들이었다.

"하핫, 고맙습니다. 이거 더덕 구워서 된장 찍어 먹으면 딱이겠군요."

길모는 얼굴을 붉히며 선물을 받아 들었다.

길모는 아이들과 기념 촬영을 했다. 내처 사양했지만 할머니들이 간청하는 통에 거절할 수가 없었다. 그들은 가는 길에도 연신 허리를 조아리며 떠났다. 길모는 그들이 버스에 오를 때까지 눈을 떼지 못했다.

"진짜 운 거야?"

불쑥 고개를 들이민 은철이 물었다.

"에이, 진짜… 사람 괜히 불러놓고……."

길모는 괜한 짜증을 내며 감정을 숨겼다.

"미안, 다음부터는 더 자주 부를게."

"됐거든. 다시는 안 올 테니까 제발 좀 이런 일 있으면 도 원장님이랑 좀 하세요."

"알았어. 그래도 나쁘지는 않았지?"

"그거야……."

"태워다 줄까? 소파에서도 졸았다던데 빨리 가서 쉬어야지?"

"NO, 내 자가용이 훨씬 더 빠르거든."

길모는 장호의 오토바이를 가리켰다.

"기대해. 지난 번 골드바로 더 많은 사람을 돕게 될 거거든. 우리 봉사자들도 다 신이 나서 에너지 팡팡 솟고 있어."

"그럼 좋지 뭐."

"가, 너무 무리하지 말고."

"흥, 그러면서 은근 압박 주는 건 뭔데?"

"절대, 난 내 친구 두 번 잃고 싶지 않거든."

"두 번?"

"윤호영, 그 한 번으로 충분해!"

은철이 두 손으로 길모의 어깨를 짚었다. 꿈속의 아버지나 아이들만큼은 아니었지만 그 느낌도 나쁘지는 않았다.

짧은 인사를 마친 길모는 장호가 기다리는 오토바이로 향했다.

바다당!

오토바이는 기다렸다는 듯이 몸살을 앓기 시작했다.

[형!]

헬멧을 눌러쓴 장호가 손을 흔들었다.

"왜?"

[아까 틀린 거 알죠? 더덕을 고추장에 찍어 먹지 누가 된장에 찍어 먹어요?]

"얌마, 원래 진짜 마니아는 된장에 찍는 거야. 쥐뿔도 모르는 게."

[어? 진짜요?]

"알았으면 내 꽃이나 내놔 봐. 이거 어디서 은근슬쩍 가로채려고 해."

[아, 진짜 치사하게… 자요!]

장호는 꽃다발을 내밀었다. 그러자 길모가 하나를 돌려주었다.

[왜요?]

"너는 고생 안 했냐? 그러니까 사이좋게 나눠 가져야지. 더덕도 너 많이 줄게."

[난 고추장 사다 구워먹을 거예요.]

"알았으니까 땡겨라. 시원하게 날아보자."

[오케이!]

바당!

힘찬 소음과 함께 오토바이가 튀어나갔다. 길모는 장호의 등 뒤에 꽃다발의 향을 맡았다. 밤을 건너 온 피로가 확 풀리는 순간이었다.

『관상왕의 1번 룸』 5권에 계속…

우각 新무협 판타지 소설

북검전기

2014년의 대미를 장식할,
작가 우각의 신작!

『십전제』, 『환영무인』, 『파멸왕』···
그리고,
『북검전기』

무협, 그 극한의 재미를 돌파했다.

북천문의 마지막 후예, 진무원.
무너진 하늘 아래 홀로 서고, 거친 바람 아래 몸을 숙였다.

살기 위해! 철저히 자신을 숨기고
약하기에! 잃을 수밖에 없었다.

심장이 두근거리는 강렬한 무(武)!
그 걷잡을 수 없는 마력이,
북검의 손 아래 펼쳐진다!